趙氏孤兒

管家琪◎文　蔡嘉驊◎圖

作者的話

對道義精神的追求

《趙氏孤兒》和《孫臏智鬥龐涓》一樣，同樣是發生在春秋戰國時期，只是年代更為久遠，距今至少都已經超過兩千五百多年了。精確一點來說，《趙氏孤兒》的背景是在春秋，《孫臏智鬥龐涓》則是在戰國。

關於《趙氏孤兒》的故事，在歷史上最早見於《左傳》，但是交代得比較簡略，直到在西漢兩位大學者的著作中才找得到比較詳細的記

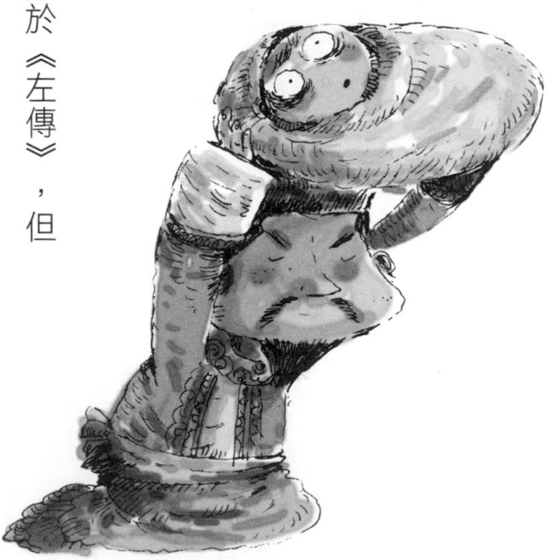

載，那就是司馬遷的《史記・趙世家》，以及劉向的《新序》和《說苑》。就真實的歷史而言，這個故事其中的恩恩怨怨相當複雜，不過，可以確定的是，世人對這個故事的印象並不是來自於歷史，主要是來自於元朝一齣著名的雜劇——《冤報冤趙氏孤兒》，又名《趙氏孤兒大報仇》，簡稱《趙氏孤兒》。其實，從「冤報冤」這個說法就已經透露出這個故事所包含的前因後果、錯綜複雜的程度。

當然，像這樣的故事只可能發生在封建時代，因為封建時代什麼都是皇帝一個人說了算，皇帝喜歡一個人，可以讓他全家都一起吃香的、喝辣的，所謂「一人得道，雞犬升天」，但是皇帝一旦翻臉，又可以在一夜之間下令滿門抄斬，甚至誅滅九族，到了明成祖，甚至把九族統統殺光還不解氣，居然還發明了「誅十族」，多出來的一族倒楣鬼是哪些人呢？是罪犯的老師，也就是說一個人犯罪，連同所有宗族以及教過他的老師一家都得殺掉。多可怕啊，古代的老師居然還是一個如此危險的行業。

元雜劇《趙氏孤兒》的影響很廣，不但與《竇娥冤》、《長生殿》和《桃花扇》並稱為中國古典四大悲劇，同時，以此為基礎，這個故事又陸陸續續被改編為京劇、秦腔、豫劇、潮劇、粵劇等等，一直到了近代，都還有不少以此為本的各式各樣的影視作品不斷的推出。

《趙氏孤兒》所講述的是春秋時期，晉國貴族趙氏被奸臣屠岸賈陷害，慘遭滅門之禍，後來在公孫杵臼、程嬰等人前仆後繼的犧牲之下，一個小孤兒終於得以倖存，等到長大以後為家族復仇的故事。我們不妨來想想看，為什麼兩千多年以來，這個故事能夠不斷以新的面貌呈現在觀眾或是讀者的面前？這個故事最大的魅力究竟在哪裡？一個比較普遍的看法是，因為這個故事表現出濃厚的道義精神，尤其是為了拯救趙氏孤兒，多少人做出了重大的犧牲，這樣的精神不能不說是非常可貴可佩的，同時也是非常罕見的。就以公孫杵臼和程嬰來說，他們是趙府的門客，趙家大難臨頭的時候，他們大可以躲起來，不必做任何事，但是他們還是毅然決然的挺身而出，竭盡所能的挽救趙氏孤兒，這種道義精神著實令人感動。

不管時代如何的變化，能夠彰顯崇高道德的作品永遠不會失去魅力，《趙氏孤兒》就是這樣的一個例子。

目錄

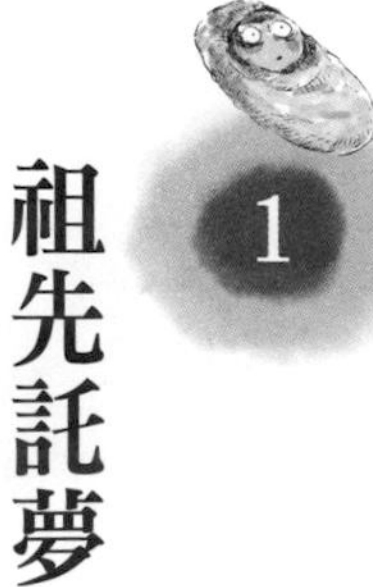

1 祖先託夢

夜半時分，趙盾忽然醒來。

在睜開眼睛的那一剎那，趙盾模模糊糊的有一種不知道身在何處的感覺。一翻身，靠著窗外照進來的月光，依稀看清了其實自己正好端端的睡在家裡。趙盾閉上眼，想再繼續睡，但是躺了好一會兒卻怎麼也睡不著，老有一種心慌的感覺，腦海裡還一直斷斷續續的浮現著剛才的夢境。

他夢到自己的祖先叔帶，先是抱著腰在痛哭，看起來非常的悲痛，但是哭過之後又開始笑，甚至還拍著手唱起了不知名的曲子。

這是什麼意思啊？怎麼會突然夢到祖先叔帶？叔帶在夢中又為什麼會這樣又哭又笑？趙盾覺得很納悶，並且還有一種隱隱的不安。

第二天，他特地去拜訪史官，懇求史官為他解夢，占卜吉凶。

在這春秋時代，當大家有什麼疑惑的時候都會去占個卜，尋求解答，就連身為晉國重臣的趙盾也不例外。

占卜的結果，史官什麼都還沒說，就先重重的嘆了一口氣。

「怎麼了？」趙盾心知不祥。

「我就坦白說了，」史官說：「這是一個凶兆啊！」

一聽是凶兆，趙盾大驚失色，喃喃道：「啊，真的？凶兆？」

史官繼續說：「您看，這個龜紋在斷絕以後又完好，表示這是一個凶夢，雖然不是應驗在您的身上，是應驗在您的兒子身上，但這是您留下來的過失。到了您孫子那一代，趙氏子孫將會更加衰微。」

聽罷史官的解夢，趙盾頓時感到心情沉重，但又無言以對。趙盾心裡很明白所謂自己「留下來的過失」指的是什麼？那指的可是「弒君」重罪啊！

被「弒」的國君，就是晉靈公。

2 趙盾弒君

趙盾為官，向來勤勤懇懇，怎麼會犯下「弒君」這樣大逆不道的重罪呢？這還得重頭說起。

說起趙氏，是晉國數一數二的名門望族，不過他們是從叔帶才開始在晉國生根，並開始和晉國的歷史牽扯在一起的。追溯趙氏的老祖宗，和嬴秦是同一個始祖。當年周穆王把趙城封給了他們的先祖，從此他們就以「趙」為姓氏。後來經過了幾代，到了叔帶，因為看到周幽王是一個暴君，不願在周幽王身邊做事，就離開了周而來到當時諸侯國之一的晉國，全心全意的追隨晉文公，開始在晉國建立趙氏。

（周幽王是導致西周滅亡的君主，也就是那個為了博得寵姬褒姒一笑，而做出「烽火戲諸侯」荒唐事的君主。）

所以，或許這也就是為什麼出現在趙盾夢中的祖先是叔帶而不是別人的原因，因為正是從叔帶開始，趙氏家族不僅在晉國站穩了腳跟，也逐漸發達興旺。

從叔帶到趙盾，中間又經過了好幾代。趙盾執掌國政的位置是繼承父親趙衰而來，但趙盾其實並不是趙衰的嫡子（意思是說，趙盾並不是趙衰跟元配所生的兒子），這在古代「傳嫡不傳庶」的宗法制度之下，可說是相當罕見的。趙衰當年侍奉公子重耳（就是後來的晉文公），在外流亡了十九年，後來重耳能夠回國以及稱霸春秋，大多都是得力於趙衰的輔佐和謀劃。趙衰隨著公子重耳流亡到翟地的時候，娶過一個女子，並且生下一個兒子，這就是趙盾。後來，趙衰回到晉國以後，元配堅決要求趙衰把還留在翟地的母子接回來，並且還把趙盾當作嫡子，而她自己所生的三個兒子反而都位於趙盾之下。

過了幾年，在晉襄公六年的時候，趙衰死了，趙盾便繼承父親的職務，執掌國政。

兩年之後，趙盾碰上了一件非常棘手的事，那就是晉襄公死了，太子夷皋（ㄍㄠ）年紀還小，趙盾擔心年幼的國君一上台，會讓一些野心家蠢蠢欲動進而造成動亂，因此，基於國家社稷的穩定，趙盾打算立襄公之弟雍（ㄩㄥ）。當時，雍在秦國，趙盾派出使者去迎接雍，想讓雍盡快回國即位。然而，太子的母親在得知這個消息之後，非常激動，深感兒子的合法權益被剝奪了，連帶的感覺到自己今後的命運將因此變得讓人不安，於是終日哭哭啼啼，還找到趙盾，不惜紆尊降貴向趙盾下跪，甚至磕頭，可憐兮兮的反覆抗議道：「先君到底有什麼地方得罪了你，為什麼你要捨棄他的嫡子而再另外立國君呢？」

趙盾被鬧得沒有辦法，同時，也開始擔心如果真的堅持不立太子而立雍，等於是把太子母親的宗族統統都給得罪了，何況當時很多士大夫仍然支持不管怎麼樣都應該由嫡子繼位的傳統觀念。趙盾左思右想，覺得如果自己執意要立雍，很可能會是一件吃力不討好，同時還會結仇的事。想了半天，他終於放棄了最初的想法，仍然按照慣例立太子為國君，這就是晉靈公。

晉靈公即位十餘年以後，成長為一個青年了，青年本來應該是充滿朝氣、奮發向上的，尤其是在這個群雄爭霸的春秋時期，自齊桓公死後，霸權就逐漸轉移到了晉國。晉國本來只是一個小國，後來是經過晉獻公不斷的兼併小國和攻伐戎狄才慢慢強大起來，到了晉文公，甚至還在踐土這個地方會盟諸侯，被周襄王正式冊封為侯伯，成為中原霸主，可以說祖輩是經過了一番辛辛苦苦的奮鬥，好不容易為晉靈公留下了這麼好的一片基業，如果晉靈公奮發圖強，假以時日或許能夠有機會完成一統天下的大業。然而，晉靈公卻是一個毫無抱負，只想得過且過的君主，整天就只顧著吃喝玩樂，對正事一概沒興趣，更糟糕的是，他還是一個毫無仁愛之心的君主！

有一次，只不過是覺得熊掌燉得不夠爛，晉靈公就大發雷霆，立刻下令把掌廚的人拖出去殺掉，還把屍體像垃圾一樣的隨便丟棄！

（古代還沒有動物保育的觀念，熊掌向來被視為一種珍稀美食。）

還有一次，晉靈公在桃園的看台上看戲，居然也引起一陣恐慌。「桃園」是大臣屠岸賈投晉靈公之所好特地修建的一座大花園，因為裡頭桃樹特別多，所以稱為「桃園」。那天，晉靈公看戲，看著看著覺得無聊，居然拿起彈弓就對準花園外的百姓猛射，看到百姓驚恐萬分的紛紛逃命，他竟然還哈哈大笑，說什麼原

來彈人比彈鳥要有趣得多了！

晉靈公愈來愈殘暴，所作所為也愈來愈不得人心，這讓很多正派的臣子都感到十分的憂心，其中當然就包括了相國趙盾。

這些大臣不斷的勸諫，但是晉靈公連聽都不想聽，就連當年一手扶植晉靈公上台的趙盾，每每想要勸諫也總是無功而返，因為晉靈公甚至根本不肯接見；在所有臣子之中，晉靈公只願意召見屠岸賈。屠岸賈是一個陰險小人，他為了保障自己的私利，處處迎合晉靈公、討好晉靈公，絲毫不顧念百姓福祉，也不顧國家利益，在晉國大多數百姓的心目中，屠岸賈就是一個不折不扣的奸臣，然而晉靈公就跟天下所有的昏君一樣，總是喜歡跟奸臣在一起。

不過，屠岸賈也知道很多大臣都對自己很有意見，都覺得晉靈公是受到自己的蠱惑才會如此胡作非為，都恨不得晉靈公有一天會除掉自己。對於這一點，屠岸賈也是耿耿於懷，記恨在心，不時就想著：「哼，想除掉我？沒那麼容易！我倒要看看，到底是誰先除掉誰！」

在所有臣子之中，屠岸賈最想除掉的當然就是相國趙盾了。他非常討厭趙盾總是以那一副國之重臣的模樣自居，又動不動就想對晉靈公進行勸諫。加上晉靈公當年之所以能成為國君，主要還是得力於趙盾，所以晉靈公對趙盾總還有那麼幾分客氣，這就讓屠岸賈看在眼裡更加的感到不是滋味，非常不快。

◎

在正邪兩股勢力日趨緊張到了一定程度的時候，表面的和平就一定會被打破。

趙盾對屠岸賈日益不滿，深感屠岸賈禍國殃民，而屠岸賈也愈來愈容不下趙盾了，總覺得趙盾是拚命在扯自己的後腿，實在是一個讓人不敢輕忽的隱患；萬一哪一天，晉靈公忽然覺得趙盾等人說的有道理，那可不就是自己的滅頂之災降臨了嗎？

屠岸賈愈想愈覺得一定要盡快除掉趙盾不可！

不過，屠岸賈沒有想到，除掉趙盾的計畫一旦實施起來，居然比想像中要困難得多。

首先，趙盾好歹是相國，身邊隨時都有護衛，相國府也日夜都有士兵把守，一般人根本沒有辦法隨便進去，更不要說還能夠隨便靠近趙盾，進而對趙盾不利了。

更讓屠岸賈氣憤的是，有一次他好不容易找到一個身手不凡的刺客，命他在夜裡摸進相國府，殺了趙盾。屠岸賈本以為這個武藝高強的刺客，必定可以圓滿達成任務，不料到了第二天，遲遲等不到這個刺客回來報告。屠岸賈沉不住氣了，派人悄悄去相國府打聽，結果僕人帶回來的消息真是讓他為之氣結！

僕人說，聽相國府裡頭的人說，前一天夜裡，突然有一個一身短打裝束，還攜帶武器的陌生人，不知道是什麼原因，竟然一頭撞死在他們家老爺書房外的一棵大槐樹下！

「聽說還是他們家老爺發現的，因為老爺當時已經起床，正在為上朝做準備……」僕人說。

這到底是怎麼回事？屠岸賈真是百思不得其解。

難道相國府裡頭臥虎藏龍，還有高手，緊要關頭跳出來救了趙盾一條狗命？

但是僕人帶回來的消息又說，經過相國府士兵察看的結果，說現場並沒有打鬥的痕跡，聽說相國府上上下下都覺得這件事很奇怪，根本無法解釋；按常理來看，一個刺客模樣還帶著武器的人，既然能夠在夜半時分避開層層士兵，無聲無息的摸到相國的書房外，應該是來者不善，可是，如果真的是存心要來加害相國，那麼既然都來到書房外了，相國近在咫尺，想要進行刺殺行動應該是易如反掌，這個刺客後來又為什麼不採取行動，反而是自己一頭撞死在樹下了呢？

這件事，別說屠岸賈想不通，趙盾一家也都想不通。又過了幾天，屠岸賈聽到傳言，說大家都猜測那個刺客原本應該是想來刺殺相國，然而等他真的摸進了相國府，也來到了書房外，正想採取行動的時候，看到趙相國居然已經起身準備上朝，被相國如此兢兢業業、公忠體國的精神所感動，就不忍心下手了。但是，如果不下手又有負囑託，無奈之餘，刺客只好自己一頭撞死。

聽到這樣的傳言，想到刺殺行動不僅以失敗告終，竟然還提升了趙盾的形象，屠岸賈真是氣不打一處來，恨恨的想著：「哼，好吧，還是我自己來吧，我就不相信除不掉他！」

◎

屠岸賈想到了一條毒計，雖然實施這條毒計需要花不少的時間來準備，可是屠岸賈很有把握這回一定可以叫趙盾死得很慘，而且還可以在晉靈公以及所有大臣面前，剝掉趙盾那個討厭的忠君愛國的形象。

原來，屠岸賈有一隻體型很大的獵犬，從外表上看來跟一條小牛差不多大小，可實際上卻絕對不像小牛那般溫馴，而是非常凶狠，號稱「神獒（ㄠˊ）」，這本來是西戎國進貢給晉靈公的，晉靈公嫌牠的樣子太凶惡，並不喜歡，就賜給了屠岸賈。屠岸賈對這隻神獒倒是非常喜愛，總是命家僕細心照料，每一頓都讓牠吃得很好。不過，現在為了實施自己的那條毒計，屠岸賈開始虐待這隻神獒。

屠岸賈叫家僕把神獒關在花園一個不見天日的小房間裡，一連幾天，都不准給神獒餵食，只給牠喝水。家僕雖然都感到很奇怪，但是誰都不敢多問。

就這樣，一連幾天，從小黑房裡不斷傳出神獒的哀鳴，而且哀鳴之聲愈來愈虛弱，大家都知道神獒真的是餓慘了，就連原本不喜歡或是懼怕這隻神獒的人，聽了都覺得不忍心。但是，屠岸賈交代不准給神獒吃東西，這有什麼辦法呢？沒有人敢違抗屠岸賈所下的命令啊。

五天以後，已經餓得奄奄一息的神獒被拖出來帶到花園裡。才一踏進花園，神獒就猛然抬起了頭，張大著嘴巴，口水直流，鼻子猛嗅，突然，神獒看到面前一個紮好的草人，立刻從兩眼射出凶猛的光芒！然後一頭撲了上去，三兩下就撕開了草人的胸脯！

原來，草人的胸脯裡塞了一副鮮美的羊心肺，神獒就是聞到了羊心肺的味道，這才一下子活了過來。

這個草人穿著紫色的袍子，腰上繫著玉帶，腳上套著一雙烏靴，手上還拿著象笏（ㄏㄨˋ，就是大臣在朝見國君時手上拿著的手版），一看就知道是故意打扮成某一個大人物。至於是打扮成哪一個大人物的樣子，就算有士兵猜出來了，但是誰也不敢多嘴。

見神獒正如自己意料之中那樣，一聞到羊心肺的味道，就立刻撲上去把草人的胸脯撕爛，屠岸賈哈哈大笑，似乎非常滿意。

緊接著，屠岸賈命家僕再把神獒關回到小黑房，而且又是一連幾天都不讓神獒吃東西，只給神獒喝水，藉此來維持神獒的生命。

家僕們私底下都在竊竊私語，不知道屠岸賈到底要做什麼，感覺上好像是在做一項可怕的訓練。過了幾天，被餓得半死不活的神獒又被拖出來帶到花園，然後，跟上次一樣，花園裡又有一個打扮得很華麗、胸脯裡還塞了一副羊心肺的草人等在那裡。不用說，早就已經餓極了的神獒，又立刻撲上去，撕爛了草人的胸脯，吃掉了裡頭的食物。

這樣反覆訓練了好幾回，屠岸賈終於覺得時機成熟了。

這天，再一次把神獒從小黑房裡拖出來以後，屠岸賈沒有像前幾次那樣叫僕人把神獒帶到花園，而是下令用黑布把神獒的眼睛蒙上，然後帶著這隻已經被餓得頭暈眼花、連路都走不太穩的神獒一起去上朝。

大臣們見此景象都覺得很納悶，都在想這個屠岸賈今天的葫蘆裡不知道在賣些什麼藥。

有一位殿前太尉名叫提彌明，為人正直，內心對屠岸賈一直很反感，只是屠岸賈位高權重，提彌明自知沒有跟屠岸賈叫板的分量，平日只好盡量避著點。這天，看到屠岸賈居然牽著那隻虛弱到好像連路都沒法走的神獒來上朝，覺得很不尋常，再觀察一下屠岸賈的嘴角，彷彿掛著一絲歹毒的笑容，提彌明立刻有一種不祥的感覺，擔心屠岸賈是不是要施展什麼詭計，這麼一想以後，提彌明就不自覺的把手上的瓜槌握緊了一些。

晉靈公看到屠岸賈帶著神獒來上朝，好像也覺得很稀奇，便問屠岸賈這是怎麼回事。

屠岸賈說：「啟秉主公，這是因為臣下最近才意外得知，這隻西戎國進貢的神獒，原來是一隻神獸，所以今天特別帶來讓主公一試。」

「哦，試什麼？」

「試試看當今在朝為官，有沒有不忠不孝之人！」

在場大臣們一個個面面相覷，忽然都有些擔心，不知道屠岸賈待會兒要怎麼個試法？

也有些臣子，譬如趙盾，已經敏感的察覺到這恐怕是屠岸賈剷除異己的手段，不由得有些不安。

晉靈公頗為興致勃勃，「哦，真沒想到原來這還是一隻神獸啊！可是，牠怎麼這麼瘦？」

屠岸賈信口胡謅，「這是因為牠要發功，所以連日來都無法進食。」

「為什麼要把牠的眼睛蒙起來？」

「為了讓牠保持專注，免得待會兒認錯了好人。」

「原來如此，」晉靈公催促道：「那你就趕快讓牠試試吧！」

屠岸賈於是命人先讓神獒面對著群臣，再把蒙住神獒的黑布拿掉。

只見方才還垂著腦袋、精神萎靡不振的神獒，眼神一掃，忽然坐直了身子，而且開始猛吐舌頭，還滴下了口水，用熾熱的眼神投向前方不遠處一個身穿紫袍，腰繫玉帶，足登烏靴，手上還拿著象笏的人——沒錯，那個人正是趙盾！

原來，屠岸賈在之前對神獒所進行的訓練中，那個草人就是按照趙盾平日的衣著來裝扮的，目的就是想把神獒訓練成反射動作，讓餓得半死的神獒一看到趙盾，馬上就聯想到塞在草人胸脯裡的那副羊心肺！

果然，神獒此刻的表現完全就像屠岸賈所設計的那樣，一看到趙盾，立刻露出凶光，像發了瘋似的朝他衝了過去！

現場立刻大亂，驚叫聲四起，趙盾一看所謂神獸竟然朝自己猛衝過來，更是被嚇得魂飛魄散，本能的拔腿就跑！

神獒固然原本已經被餓得沒什麼力氣，但如今在迫切的想盡快撕開草人的胸脯，好飽餐一頓的驅使下，還是爆發了一股極強的行動力。眼看趙盾已難逃厄運，幸好，殿前太尉提彌明先前已經對屠岸賈今日舉動有所警惕，一看屠岸賈竟然放神獒去咬趙盾，馬上一個箭步飛身上前，先是阻擋神獒撲向趙盾，進而毫不猶豫舉起瓜槌當場就把神獒給砍死了！

一看計謀失敗，屠岸賈老羞成怒，衝著提彌明大吼道：「啊！放肆！居然膽敢把神獸給殺了！」

（直到這個時候，屠岸賈居然還在堅持神獒是一隻什麼可以辨別忠奸的神獸哪！）

晉靈公看到方才混亂的一幕，也很生氣，立刻對著左右士兵下令：「來人啊，給我拿下！」

很多士兵一聽令，就紛紛衝上前去！

提彌明一邊與士兵格鬥，一邊對著趙盾大喊：「大人，快走！」

本已嚇呆的趙盾一聽，猛然清醒，馬上慌忙逃命！

提彌明拚盡全力阻擋那些想對趙盾不利的眾多士兵。在提彌明的護衛之下，趙盾總算逃出了大殿。

不一會兒，當趙盾回頭一望，只見提彌明和自己的幾個隨從都已力戰而死。

此時趙盾也顧不上別的，只能盡全力的逃命。跑著跑著，已經氣喘噓噓的趙盾，實在已經跑不動了，回頭一看，猛然發現一個士兵已經快步追了上來，估計頂多再一眨眼的功夫就要追上趙盾了！

驚懼之餘，趙盾的心一涼，絕望的想著：「完了，今天死定了……」

正這麼想著，沒想到，那個追上來的士兵竟然大叫道：「相國別怕！我來救你了！」

趙盾驚訝的停下來，這才知道原來這人是來幫自己，而不是要來害自己的。

說時遲、那時快，士兵已經來到趙盾的面前，然後，一彎腰，背起了趙盾就跑！

一直跑到城外安全處，同時，遠遠的看到趙府的大批護衛已經尋了過來，士兵這才把趙盾放下來。

趙盾看著眼前這個陌生的士兵，心裡自然十分感激，大口喘著氣問道：「你是誰？」

士兵指著不遠處的一棵高大的桑樹，「大人忘記了那個曾經在大桑樹下快要餓死的人了嗎？我是靈輒啊。」

「大桑樹？」趙盾還在納悶，這個救了他一命的士兵轉身已經跑走了。

「靈輒？……哦！」趙盾想起來了。

原來，在五年前，有一天，趙盾前往九原山打獵回來，就在這附近，看到那棵大桑樹下臥著一個人。趙府護衛原本以為是刺客，可是大家提著武器上前一看，發現原來是一個奄奄一息的人，這人就是靈輒。

靈輒說，自己離家三年，在三天前才剛剛回來，但是囊中空空什麼也沒有，已經餓了三天沒有吃飯了。趙盾聽了，很是同情，就命隨從趕快拿些食物給靈輒，靈輒先把食物收起一半，然後才狼吞虎嚥起來。趙盾覺得很奇怪，便問他這麼做的用意是什麼，靈輒解釋，自己家住西門，家有老母，他出外日久，不知道老母親現在怎麼樣，所以想先收起趙盾所賜的食物，等回家以後再給母親吃。這一點令趙盾頗為感動，覺得靈輒是一個孝子。

靈輒拜謝而去，後來，因緣際會應募成爲士兵，因為感念趙盾昔日對自己的恩惠，這天才會在緊要關頭特地挺身而出，上前搭救。

◎

率領著趙府大批護衛急急前來尋找趙盾的，是趙盾的兒子趙朔。

「父親！您受驚了！您沒事吧？」趙朔遠遠的一見到趙盾，就趕緊一臉關切的迎上來。

他們都已經聽說了今日在大殿上所發生的驚心動魄的一幕。現在，父子相見，真是恍若隔世。

「那個狗賊，實在是太不像話了！」趙朔一邊把父親攙扶著上了馬車，一邊咬牙切齒的罵道，所謂「狗賊」，指的自然是屠岸賈。

不過，等趙盾稍稍喘過氣來以後，回想今天所謂「神獒識忠奸」的鬧劇，愈想愈覺得應該不只屠岸賈想除掉自己，恐怕晉靈公也有這個意思。也就是說，屠岸賈今天的陰謀，應該是得到晉靈公默許的，否則屠岸賈與晉靈公的對話不會有那麼明顯的一搭一唱的味道。

趙盾想到為保護自己而死的殿前太尉提彌明，心裡不禁一陣感傷，但幾乎就在同時，趙盾猛然想起了另一件事。不久前有一天，晉靈公設宴，說要慰勞相國辛苦，趙盾到了以後，晉靈公親切的喚他坐在自己的右邊，屠岸賈在左邊，並且大聲宣布：「君宴相國，任何閒雜人等不得登堂。」酒過三巡之後，晉靈公對趙盾說：「寡人聽說你的佩劍是一把難得的寶劍，不妨解下來讓寡人看看吧。」趙盾聽了，站起來正想依言解下寶劍，殿前太尉提彌明在堂下一望見，立刻急得高聲大喊：「臣侍君宴，怎麼可以在國君的面前拔劍？」

這一喊，頓時把趙盾給驚醒了，立刻警覺到在國君面前拔劍是多麼的不妥，萬一被人誤會他要行刺怎麼辦，於是趕緊坐下。

事實上，那天確實也是一個陰謀，屠岸賈早就在大殿內側布滿了自己的手下，打算等趙盾一拔出佩劍就大呼「趙盾拔劍，要對大王不利，左右趕緊救駕！」，然後士兵就可乘機一湧而上，當場把趙盾給殺掉。這是屠岸賈和晉靈公早就商量好的計謀。

對於不圖進取，一心一意只想吃喝玩樂的晉靈公來說，趙盾一天到晚纏著自己，喋喋不休，一會兒勸諫這個，一會兒又勸諫那個，早就讓晉靈公心生厭煩。因此，有一回當晉靈公抱怨趙盾太過嘮叨的時候，屠岸賈立刻抓緊機會建議不如趁早除掉趙盾，這樣才可痛痛快快的快活，晉靈公果然馬上就有一種心有戚戚焉的感覺。

趙盾左思右想，重重的嘆了一口氣，對兒子趙朔說：「看來晉國是容不下我了，我還是離開吧。」

「父親要去哪裡呢？」趙朔很憂心。

「或許去秦國吧，總之先找一個棲身之地……」

父子倆在倉惶之中都不免感到頗為茫然。就在他們一路往西的時候，趙盾的姪子、負責掌管部分兵權的趙穿剛巧從西郊射獵回來，迎面遇上趙盾父子，便停車相見，詢問怎麼回事。

趙朔把情況大致說了。

「居然會有這種事？」趙穿想了一想，對趙盾說：「叔父先別急著出境，給我幾天的時間，我一定會向您報告，到時候再請叔父決定吧。」

趙盾考慮了一會兒，「既然如此，那我就先到首陽山去待著，耐心等候你的好消息。」

唉，誰願意在如此狼狽的情況之下背井離鄉呢？何況還是貴為相國的趙盾。趙盾心想，如果事情能夠有轉圜的餘地，如果自己不用離開晉國，那當然是再好也沒有了。

不過，趙盾也交代趙穿，行事一定要謹慎，千萬不要禍上加禍。

◎

趙穿別了趙盾父子，回到絳（ㄐㄧㄤˋ）城，得知晉靈公又到桃園去了，馬上前往桃園。

大老遠的，趙穿就已經聽到歌舞之聲，還有晉靈公哈哈大笑的聲音。早上

「神獒識忠奸」那場戲雖然沒能將趙盾除掉，但好歹總算是把趙盾趕出了絳城，晉靈公頓時就像是一個頑劣的學生離開了老師一樣，只要一想到趙盾再也不會來煩自己了，就感到身心舒暢，心裡很是滿意。

趙穿假意謁見，用很惶恐的語氣對晉靈公說，身為趙氏族人，聽說叔父冒犯了大王，他實在感到很羞愧，覺得今後再也沒有臉來侍奉大王，請皇上還是免了自己的官職吧。

晉靈公看趙穿的態度那麼懇切，信以為真，就很爽快的對趙穿說：「趙盾總是不把寡人放在眼裡，整天批評寡人的不是，讓寡人實在是不能忍受。可是他是他、你是你，這不關你的事，你還是好好的待著，安心供職吧。」

「謝大王！」趙穿再三謝恩，隨即又上奏道：「為了大王的利益著想，微臣早就有一事想要稟報……」

趙穿說，桃園雖美，但可惜美女還不夠多，想想當年文公雖出亡，可所到之處還是不斷納妾，等到返國以後，儘管已年逾六旬，也仍然廣納姬妾，而如今大王身強力壯，何不在全國大量挑選美女，讓她們學習歌舞，隨侍在側，這樣大王以後待在桃園的日子，豈不是更加的美妙快活？

這番話可真是說到晉靈公的心坎裡去了！連連說道：「正合寡人之意。」還殷殷詢問：「卿認為誰最適合負責這個在全國廣徵美女的事呢？」

趙穿回答：「那當然是大夫屠岸賈了！」

晉靈公想想也對，屠岸賈幾乎整天都待在自己的身邊，肯定很了解自己對女人的喜好，遂鄭重其事的交代屠岸賈立刻出發到全國各地尋找年二十以內有姿色的未嫁女子，還限一個月之內回話。

接到命令，屠岸賈當然是馬上就動身了。

在支開了屠岸賈之後沒幾天，趙穿又來上奏，對晉靈公說，他看桃園侍衛單弱，不大放心，於是特地在軍中精挑細選了兩百名將士，願意充當桃園的侍衛，保障靈公的安全，請靈公准許他們進入桃園。

晉靈公覺得趙穿考慮得很周到，高高興興的同意了。

於是，趙穿就領著這兩百將士進入桃園，隨即就把荒淫無道的晉靈公給殺了。

接下來，趙穿帶著眾人迎相國趙盾還朝。

趙盾一回到絳城，馬上就到桃園，奔到靈公的屍體面前撫屍痛哭了一番，哭得非常傷心，聲音之大，連在桃園外的百姓都聽得到。可是對於百姓來說，靈公是一個昏君，如今慘死根本是咎由自取，雖然是被趙氏子弟所弒，可這並不是相國的過錯。甚至還有不少人認為趙穿是替天行道，為民除害。

而正在郊外挨家挨戶為靈公精選美女的屠岸賈，一接到「晉侯被弒！」的消息，吃了一驚，再稍微一想，心知一定是趙穿所為，這下子，美女也不選了，趕緊悄悄潛回府第，連日不敢外出。

趙盾在安葬了靈公之後，旋即與百官商議該如何立新君。

趙盾說：「當年先君襄公過世的時候，我提議應該立較年長的君主，可惜當時沒能取得共識，以致造成今日的災禍！這回我們一定要記取教訓！」

大家都很贊同。再加上年輕的靈公此時還沒有兒子，於是，趙盾想到文公還有一子，名為黑臀，現在仕於周，便建議立黑臀為君。大家都沒有異議。

這個時候，趙盾也想去除趙穿弒君的罪責，便命趙穿去周迎公子黑臀歸晉，朝於太廟，即晉侯之位，這就是成公。

成公既立，專任趙盾以國政，還把自己的女兒莊姬嫁給趙盾的兒子趙朔，與趙盾做起了兒女親家。

趙穿私底下曾經跟趙盾說：「屠岸賈諂事先君，與趙氏為仇，此人不除，恐趙氏不安！」

但是趙盾卻堅決反對這麼做。趙盾說，屠岸賈既已失勢，成公即位之後，屠岸賈也是處處謹慎，沒有犯什麼過錯，對趙氏族人更是小心翼翼，害怕遭到報復的心情非常明顯。他認為趙氏家族現在極為富貴，好幾個子弟都在朝為官，應當主動與同朝修睦，不要再滋事尋仇，否則冤冤相報何時了，這絕不是百姓之福。見趙盾如此堅持，身為晚輩的趙穿也就不好再多說什麼了。

◎

有一天，趙盾經過史館，看到太史董狐正在裡頭工作，便進去探望，閒聊幾句之後，順口表示想要看一看史簡。

董狐就把史簡呈上。

趙盾看了一會兒，臉色即刻大變，原來，他看到了這麼一行：

秋七月乙丑，趙盾弒其君夷皐於桃園。

「太史，您弄錯了！」趙盾驚呼道：「當時我已經出奔河東，離開絳城兩百餘里，我怎麼會知道弒君的事？但是現在您卻把這件事歸咎於我，這不是冤枉我嗎？」

面對相國的抗議，董狐不為所動，平靜的回答：「您是相國，出亡的時候還沒有離開國境，返回絳城的時候，明明知道弒君主凶是您趙氏子弟，可是您在復職以後也沒有加以處罰，如果說弒君這件事不是您主謀，誰會相信？」

趙盾一時語塞。是啊，其實，平心而論，當趙穿要自己先別急著出境，要自己先給他幾天，等他消息的時候，趙盾不是沒有想過，趙穿入城以後很可能會對靈公不利，但是當時他並沒有表示強烈反對，想來確實算是默許啊。後來，雖然他命趙穿負責把公子黑臀迎回來即位，想讓趙穿立一點功勞，以此沖淡他弒君的罪名，然而在公正不阿的史官董狐看來，或許在所有天下人看來，趙穿把公子黑臀接回來的這一點點小小功勞，根本不能抵銷一絲絲弒君這種重大的罪惡啊。

想到這裡，趙盾重重的嘆了一口氣，看著董狐，眼神流露出些許的懇求，輕聲問道：「這份史簡……還可以改嗎？」

「不可以，」董狐斬釘截鐵的拒絕了，並且正色道：「是是非非，自有公論，身為史官，必須態度公正，秉公記載，所以，我的頭可斷，但是這份記錄絕不可能更改！」

「唉！」趙盾大嘆：「史官的權力，實際上比一個相國還要大得多啊！」意思是說，就算他是相國，也無權要求一個史官按照自己的意思來記載歷史，因為，如何記載歷史是史官至高無上的權力，任何人都無權干涉。

看看董狐那一臉正氣，趙盾知道說什麼都沒有用了，只得不住的嘆氣，然後埋怨自己道：「唉，我真恨自己當時沒有及時出境，像現在這樣不免就要背負萬世的惡名了，我真是後悔莫及啊！」

從此以後，趙盾為官更加認真，對待成公的態度也益加恭謹。儘管成公能夠即位是趙盾的功勞，但是趙盾從來不敢以功臣自居。

而趙穿以為自己除掉靈公有功，要求趙盾幫自己升官時，趙盾考慮到可能會有礙公論，畢竟沒有將趙穿治罪已經是網開一面了，實在不能再予以擢升，所以就拒絕了。趙穿為此十分怨恨，竟疽（ㄐㄩ）發於背而死。趙穿死後，他的兒子希望繼承趙穿中軍的職務，趙盾也沒有同意，而是要求他日後建立軍功以後，再來談這件事比較合適。

後來的史臣認為，趙盾沒有圖利趙穿父子，應該就是受到董狐公正態度的感召。

◎

然而，「趙盾弒君」這個事實畢竟已被記載在史冊之中，是趙盾終其一生永遠也無法抹滅的一個汙點了，這就是解夢者所謂趙盾「留下來的過失」。

難道日後真的會報應在子孫的身上嗎？

趙盾不免憂心忡忡……

經過了數年，在趙盾去世之前，這份擔憂一直是壓在趙盾心頭上最大的一個心病。

3 屠岸賈誣陷趙氏一族

晉成公在位僅僅七年就過世了，繼位者是景公。景公時期，國力甚強，景公因此洋洋得意，頗有矜慢之心，又開始寵用屠岸賈，整天射獵飲酒。屠岸賈本來就最擅長陪著君王吃喝玩樂，如今再度受到重視著實不令人意外。景公的種種舉止表現，都讓很多人聯想起當年的靈公。

景公三年（西元前597年），就在趙盾過世之後不久，梁山突然無故崩塌，大量的泥沙造成河流壅塞，三日不通。景公命太史針對這件事卜卦，看看應該怎麼辦。得知這個消息，屠岸賈興奮無比，因為這個太史不像董狐那樣正直，屠岸賈立刻感覺到消滅趙氏的大好機會終於來了！

他要如何施展自己的詭計呢？很簡單，只要在私底下威脅利誘太史，讓太史告訴景公，梁山之所以會崩塌，完全是因為「刑罰不中」，因此才會遭到天譴。

景公覺得很奇怪，「刑罰不中？寡人不記得有什麼重大案件是沒有秉公處理的啊。」

屠岸賈遂乘機表示，景公時期固然吏治昌明，但是過去未了結的重大案件如果沒有秉公處理，也還是會留下後遺症的啊，至於有哪些是歷史遺留下來沒有適當處理的重大案件？那自然就是「趙盾弒君」一事了！

屠岸賈說：「『趙盾弒靈公於桃園』，這是記載於史冊的事，毫無爭議，然而趙盾明明犯下這樣十惡不赦的重罪，成公不加誅戮，反而還委以重任一直到今天，趙氏家族的逆臣子孫布滿朝中，這還有什麼公理？如何能給百姓一個交代和警誡？何況……」

屠岸賈故意誣陷道：「其實我早就聽說趙氏家族自恃宗族鼎盛，不少族人都有謀反之心，只是因為礙於趙盾在世時還能加以控制，如今趙盾也死了，如果不趕快除掉他們，等他們準備妥當，一旦發動什麼兵變，那可就麻煩了！想想梁山之崩，一定就是上天提醒主公應該一雪靈公之冤，這實在是天意啊！」

景公聽了屠岸賈這番讒言，記起曾經在一些戰役中確實目睹過幾個趙

氏子弟不可一世的模樣，突然想到趙氏家族中有好些人都掌握著部分兵權，如果哪一天要集體圖謀不軌，後果一定會很嚴重。

景公立即召見大將韓厥，透露出想要除掉趙氏家族的意思，並詢問韓厥的意見。

韓厥受過趙盾的恩惠，對趙盾一直心懷感念，聽到景公竟然有這麼可怕的想法，當然立刻表示強烈的反對，直言道：「桃園之事，是趙穿所為，並不是趙盾明令指使，如果將弒君之罪全部都怪罪到趙盾身上並不合適。今日如果還要全體趙氏族人共同來負責更是不妥，何況趙氏家族歷代都對我們晉國有功，主公怎麼能聽信迷信之言，而無端懷疑起功臣的後代？」

可惜，景公既然已經起了疑心，韓厥這番勸告並沒能打消景公的顧慮。

景公接著又召見其他幾位大臣，想了解他們對於此事的意見。結果，這些大臣都跟太史一樣，因為之前都受到屠岸賈的警告，心生恐懼，面對景公的詢問只得含糊其詞，不肯也不敢為趙氏家族說一點公道話。

就在這樣意見一面倒、有失公允的情況之下，景公最終選擇相信屠岸賈之言，決定澈底除掉趙氏家族。不過，對於趙朔的妻子莊姬例外，因為莊姬是景公的姊姊，景公一方面念及手足之情，一方面因為知道母后向來喜愛姊姊，所以就想饒姊姊一命。

主意打定，景公命人把趙盾的罪狀寫下來，然後派人把屠岸賈找來，將罪狀交給屠岸賈，意思就是要把這件事交給屠岸賈去辦，這也等於是景公直接判定了趙氏家族滿門抄斬的命運。對於屠岸賈而言，這自然是一件求之不得的差事。

4 莊姬潛逃入宮

就在屠岸賈即將採取行動的前一天晚上，大將韓厥祕密得到消息，馬上悄悄夜訪下宮（也就是趙府），向趙朔通風報信，要他趕快逃走。

然而，趙朔在大驚之餘，冷靜下來想了一想，竟然拒絕了韓厥這番好心的建議。

當年屠岸賈在大殿之上放出神獒企圖咬死趙盾的往事，趙朔還記得很清楚，他告訴韓厥：「當初先君對我父親動了殺機，而我的父親反抗，並且逃走，以至於後來一直背負著惡名……」

（趙朔此言所流露出來的，就是封建制度中「君要臣死，臣不能不死」的觀念。）

也就是說，趙朔認為今日之禍，其實是在多年前就種下的，因此，他做出了一個決定，那就是——如果景公真的下令要殺了他們，那他就毅然決然的受死吧！

但是，他的心裡還是有所不甘，因此沉痛的對韓厥說：「我的妻子已有身孕，很快就要生了，如果生的是女孩就不用說了，如果生的是男孩，就表示上天也不願意看到趙氏一族滅絕，所以才會為我們保留這一脈香火、這一點骨血，希望將軍幫忙保存，這樣的話，我就算是死了，就還能夠像還在世一樣。」

韓厥聽了，忍不住哽咽道：「當初我是受到相國的提拔才能夠有今日，相國對我的知遇之恩，就好像父子恩情一樣深重，是我很難報答的。可嘆的是，現在朝廷之中都是賊人的勢力，我孤掌難鳴，實在無力回天。但是您放心，對於您的囑託，我一定會傾力辦到。」

說得兩人都感傷不已。

欷噓了好一會兒，韓厥建議，雖然景公交代不要傷到公主，但是為了保險起見，不如還是趁夜趕快把公主潛送進宮中。

趙朔覺得這個建議很有道理，於是匆匆走進房裡，把妻子叫起來，告訴她，趙氏家族面臨前所未有的大難，第二天屠岸賈就要來了，恐怕沒有人可以倖免，要莊姬趕緊悄悄進宮去避難。

莊姬整個人都嚇呆了，渾身顫抖，結結巴巴的問道：「那……你呢？」

「我？」趙朔苦笑道：「我是逃不了了，我也不想逃。」

「那孩子怎麼辦？」莊姬哭了。

如果趙朔死了，她肚子裡的孩子不就成了遺腹子了嗎？

「這也是命啊，如果生女就叫作趙文，生男就叫作趙武，文人無用，武可報仇！」

「不，我們還是一起走吧！」莊姬痛哭。

趙朔強忍住淚水，黯然道：「大難臨頭，我怎麼能撇下所有的族人獨自逃走？再說，我想屠岸賈也絕對不會放過我的，萬一到時候連累了妳就更糟了，還是妳走吧，趕快走！」

夫妻倆都很傷心，抱頭痛哭，莊姬更是哭得十分悽慘。

稍後，趙朔壓抑住內心巨大的悲傷，竭盡所能的給妻子打氣，「不要哭了，我是活不了了，但是妳一定要珍重，一定要保存我們趙氏的骨血。」

時間不多了，就算還有再多惜別的話也沒時間說了，趙朔趕緊找來門客程嬰，囑咐他護送妻子進宮。

很快的，一切準備妥當，大腹便便的莊姬已經哭得一臉淚痕，只得按照丈夫的安排，從後門悄悄上了馬車，由程嬰護送著進宮，投奔莊姬的母親成夫人去了。

程嬰是趙朔父親趙盾時代的兩個心腹門客之一，為人忠義，在這樣的危難當頭，唯有請一個像程嬰這樣的人來護送妻子脫離險境，趙朔才能放心。

車子在臨走前，趙朔還抓著程嬰的衣角，動情的說：「先生，謝謝你！你也趕快走吧，千萬不要回來！」

車子開始滾動。趙朔就這樣眼睜睜的看著愛妻逐漸消失在黑夜之中，心裡很清楚這就是生離死別；今日一別，夫妻倆是再也不可能相見了。

5 屠岸賈血洗趙府

第二天一大早，天才剛濛濛亮，屠岸賈就率領大批士兵包圍了下宮。

就在趙府所有人驚懼的目光中，屠岸賈把景公所寫的罪狀，高高的掛在趙府的大門上，然後厲聲說了四個字——「奉命討逆！」

緊接著，士兵紛紛衝進下宮，一場大屠殺就開始了。

沒一會兒工夫，趙府上上下下包括所有家僕三百多口人，就全都死於無情的刀劍之下。頃刻間，哀鴻遍地，屍首橫陳，慘不忍睹，鮮血甚至還浸入了庭園的台階。

趙朔也死了，死前還惦記著身在宮中的妻子。

等到屠殺結束，一切都安靜下來以後，屠岸賈下令清點人數，發現單單不見了莊姬。

屠岸賈很生氣，暗忖道：「難道有人通風報信，讓她提前避難去了？」

儘管景公明白交代過不要傷害莊姬，但是因為屠岸賈知道莊姬懷有身孕，很快就要臨盆，擔心萬一日後生下一個男嬰，將會後患無窮，因此本想趁亂先殺了莊姬，回頭再跟景公報告，來一個先斬後奏，說是在混亂之中不小心有一個莽撞的士兵錯殺了莊姬，沒想到這個詭計沒能得逞，竟然讓莊姬給跑了！

大腹便便的莊姬能跑到哪裡去呢？屠岸賈認為答案是很明顯的，一定是跑到宮裡去了。趕緊派人一查，果然，士兵回報說昨天深夜有車子進宮。

「那一定就是了！」屠岸賈十分惱怒，下令收兵，急著想去找景公。

轉瞬之間，士兵們都走了，動作之迅速，一如他們之前到來所展開的血腥任務。趙府一片死寂，觸目所及都是屍首，可憐連一個收屍的人都沒有。而在消息傳開之後，整個絳城之內也無人敢公開談論此事，更不要說還會有人因為同情而膽敢出面來替趙府所有死難者收屍了。

屠岸賈急急忙忙跑去向景公報告：「逆臣一門，都已誅殺完畢，無一活口，只有公主現在宮中，懇請大王處理！」

「哦，那就算了吧。」

景公本來就不打算要莊姬死啊。

屠岸賈不死心。有道是「斬草不除根，春風吹又生」啊，殺戮行動一旦發動，就一定要做個澈底，絕對不能有婦人之仁！這件事對景公來說自然無所謂，他是大王啊，就算他有千萬個不是，在正常情況之下，誰能拿他怎麼樣？但是屠岸賈呢，如果將來真的有什麼趙氏後人來尋仇，那倒楣的一定是他！

屠岸賈心想，不行，絕對不能讓這樣的事發生！

於是，屠岸賈又進一步上奏道：「公主有孕，即將臨盆，萬一生下的是男孩，留下了逆種，將來長大以後一定會報仇，況且從前曾經在桃園發生過的事，主公千萬不要忘了，實在是不可不慮啊！」

景公一聽，果真也緊張起來了。

對啊，想想當年靈公怎麼會想到居然有臣子會這麼大膽，竟敢對自己不利，看來屠岸賈所擔心的事未必就不會發生啊。

這麼一想，景公就下達了一道新的指令——如果公主生的是男孩，就立刻除掉！

「主公英明！」屠岸賈應道。他要的就是景公這一句話。

有了景公這道命令，屠岸賈立即派人去打聽莊姬生了沒有。成夫人和莊姬對此雖然十分悲憤，卻也敢怒而不敢言，無可奈何。

莊姬已經得知趙家今天清晨所遭受到的悲慘命運。雖然昨晚已經有了心理準備，知道將會發生這樣的慘劇，但是在事情還沒有真正發生之前，她不免還是心存僥倖。然而，等到事情真的發生了，噩耗也被證實了，莊姬在最後一絲希望破滅之際，當然是忍不住痛哭失聲。

緊接著，當她聽說所有死難者包括自己夫君的屍體，到現在仍然躺在血泊之中，無人聞問，心都要碎了。不過，或許是情緒過於激動，導致了小產的現象；就在莊姬想拜託母親出面找人去幫忙收屍的時候，她的肚子忽然陣陣劇痛……

當天晚上，莊姬就生了，不過可想而知，她完全沒有初為人母的喜悅，有的只是無盡的悲痛。

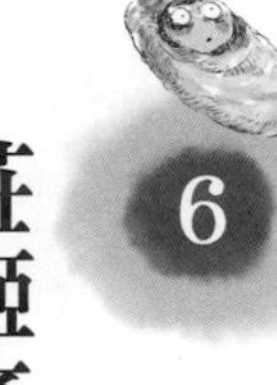

6 莊姬產死嬰？

就在莊姬剛剛生產過後，婢女就很慌張的跑進來報告。原來是屠岸賈的使者又來了，又來問公主生了沒有？

「上午不是才來問過嗎？怎麼盯得這麼緊啊！」成夫人相當憤慨，手一揮，「去，告訴他們，就說公主生了，是一個女嬰，因為早產，已經死了！」

可是，當屠岸賈聽到這個最新消息的時候，根本不信。

「哼，肯定有假！」屠岸賈心想，「想騙我？沒那麼容易！」

他也不管現在已是晚上，立刻親率幾名婢女來到莊姬所住的地方，說要進來搜查。

成夫人指著屠岸賈的鼻子怒道：「大膽！這裡是你能夠進來的地方嗎？」

屠岸賈不慍不火的說：「請夫人息怒，微臣這也是在執行主公親自下達的命令！」

說罷，堅持一定要進來。

躲在裡頭的莊姬，緊急之中火速把新生兒藏在自己的衣服裡，還用大腿夾住。

莊姬暗暗祈禱著：「啊，孩子啊，如果上天要滅絕我們趙家，那你就哭吧，否則你就不要出聲！」

還來不及向上天多祈禱幾句，屠岸賈帶的幾個婢女已經進來了，兩個過來攙扶著莊姬出去，其他的就在房間裡大肆搜索。

莊姬雖然行動有些不便，但她畢竟才剛剛生產，走路起來有些怪異也是可以理解的，加上莊姬神色相當鎮定，除了悲痛，好像也沒有什麼其他更多的情緒，所以倒也沒有引起任何懷疑。

在整個搜查的過程中，幾個婢女搜遍了整個房間，但是一無所獲，別說小嬰兒沒瞧見，就連一聲嬰啼也沒聽見。

這時，有人就向屠岸賈報告，什麼都沒搜到，公主應該是生了女嬰，而且已經死了。

「是嗎？」屠岸賈還是感到非常狐疑。

但是，既然什麼都沒搜出來，他也沒有辦法，只得很不甘心的離開了。

7 屠岸賈千金懸賞追殺孤兒

屠岸賈懷疑嬰兒已經被偷運出宮。

若果真如此，那莊姬所生的就不會是女嬰，而是個男嬰！只有生了男嬰才會這樣大費周章，也因為是男嬰，才需要如此煞費苦心的保護，他們一定是希望這個逆種有朝一日能夠為趙氏家族報仇！

一想到這個可能性，屠岸賈就覺得彷彿有一塊千斤大石頭壓在自己的心上，喘不過氣來，非常難受。

他馬上把城門守衛叫過來問道：「入夜之後，有沒有人帶著新生兒出城？」

「報告大人，沒有。」

「很好，」屠岸賈立刻下令，「從現在開始，如果有人帶著新生兒想要出城，一定要仔細盤查！不得有誤，聽到沒有！」

守衛紛紛大聲應了一個「是」！

屠岸賈想著，城門已經關上，莊姬又是今天晚上剛剛生產，如果真的有男嬰被偷運出宮，現在也一定還在城內。

「這件事一定要盡快查個水落石出！不能拖！」屠岸賈下定了決心。

在他看來，那個可能存在的小男嬰，將來勢必會嚴重威脅到自己的生存，一定要趁現在盡快除掉！

第二天（也就是慘案發生的隔天）一大早，屠岸賈在城門掛出一紙大大的懸賞公告：

如有人知道趙氏孤兒的下落，賞千金；

如知情不報，視為窩藏反賊，全家處斬！

一個剛剛出生的小嬰兒，居然已經被當成了「反賊」，可見在屠岸賈的心目中，是多麼的容不下這個小嬰兒，非要除之而後快不可。

這個公告引起很多老百姓的竊竊私語……

「賞千金？真的嗎？」

「全家處斬？這麼嚴重啊！」

「誰敢知情不報啊？」

大家都在猜測，趙氏孤兒一日不除，屠岸賈恐怕就會一直寢食難安。

不過，也有人說：「真的有趙氏孤兒嗎？不是聽說公主生的是一個死胎嗎？」

有一個人，擠在人群之中，眼裡看著懸賞，耳裡聽著眾人的議論，心情十分沉重。這個人就是程嬰。

前天夜晚，他受趙朔之託，護送公主莊姬悄悄離開趙府進宮，在看到公主的車子安全進宮以後，程嬰還站在原地注視了好久，直到宮門澈底關上，再也看不到公主的車子為止。

昨天早上，一早起來，程嬰就猶豫著要不要去下宮看看。妻子說：「不要去了吧！多危險！趙大人不是也叫你不要再回去的嗎？」

「話是沒錯……」程嬰緊鎖著眉頭，內心非常不安。

前天夜晚那種風雨欲來風滿樓的樣子著實嚇人，但是程嬰仍然抱著一線希望，希望最終只是虛驚一場。

「趙大人一定也是這麼希望的吧。」程嬰想著，看看妻子一臉焦慮，再看看妻子懷抱中熟睡的嬰兒，

程嬰很能理解妻子為什麼會強烈阻止自己再去關心趙氏家族的事，畢竟大家都知道趙家和屠家的心結由來已久，如今屠岸賈不知道用了什麼手段，竟然說動了景公下令對趙家不利，憑他一個趙府小小的門客又能做什麼呢？何況，妻子前兩天也才剛剛生下一名男嬰，夫妻倆本來還沉浸在中年得子的強烈喜悅中，但前天晚上程嬰卻被趙朔匆匆找去，夜裡回到家，見到妻子不顧產後身體虛弱，仍然強撐著等候自己回家，程嬰的心裡很是感動。但是在感動之餘，他也為趙朔一家感到憂心；程嬰知道妻子現在比任何一個時候，都要害怕自己會出什麼意外，如果自己遭到不測，剛剛出生的小嬰兒不是還沒得到父愛，就要失去父親了嗎？但是想想趙家，如果趙朔有什麼三長兩短，公主產下的小嬰兒可就是一個可憐的遺腹子了！

8 趙家孤兒下落不明

慘案發生的當天早上，程嬰在家一直心神不寧，不斷的來回踱著步，焦急萬分。後來，他在家怎麼也待不住了，就跟妻子說：「我去去就回來。」

然後，不顧妻子的反對就出了門。

稍後，當程嬰快到下宮的時候，遠遠的就看見大批士兵已經把下宮團團圍住，充滿了一股肅殺之氣。再一看……啊，那個屠岸賈威風凜凜的騎在馬上，一副殺氣騰騰的樣子，讓人不寒而慄。

程嬰心想，看這個樣子，恐怕昨晚趙大人得到的密報是非常確實的了，景公竟然不顧趙家世代對晉國有功，狠下心來對這個家族揮起屠刀！

真是讓人心寒啊！

程嬰心裡正想著，突然看到前方不遠處，有一個老人似乎正要朝下宮走去。這個老人程嬰認識，可說是相當熟識，這人是公孫杵臼啊。公孫杵臼與趙家很有淵源，從趙盾時代就一直是趙家的門客。

事實上，在趙家所有的門客中，趙朔最信任的就是程嬰和公孫杵臼。程嬰心想，如果昨天晚上趙朔找不到自己，一定會讓公孫杵臼護送公主進宮。

程嬰趕緊上前拉住公孫杵臼。杵臼回頭一看是程嬰，開口就問：「你也來了？」

「什麼來了？」

「當然是來一起赴難啊！」

在封建時代，身為趙家的門客，眼看趙家有難，自己當然不能苟且偷生，一定要同時殉難，這才是符合一個仁人志士所具有的「義」的精神。所以，這會兒公孫杵臼就是從容就義來了。

程嬰立刻察覺到杵臼一定還不知道公主已在昨日深夜進宮避難，於是，迅速湊到杵臼的耳邊，悄聲說道：「人家存心要置趙家於死地，如果我們也跟著一起死，對趙家有什麼好處？」

杵臼則回應道：「就算沒有好處，但是恩主有難，我們怎麼能自己顧著逃命？」

此刻在大庭廣眾之下，很多話實在是不好說，程嬰只好動手硬扯，先把杵臼拉到一個人比較少的地方。

這一年，程嬰四十五，正值壯年，公孫杵臼已是七十老翁，力氣自然沒有程嬰大，程嬰一動手，杵臼再怎麼不情願，也只能踉（ㄌㄧㄤˋ）踉蹌（ㄑㄧㄤˋ）蹌的跟著程嬰走。

「喂，你幹什麼！」公孫杵臼掙扎著。

程嬰沒辦法，只得又湊上去，小聲說了一句：「難道你忘了莊姬有孕馬上就要生了？如果生的是女娃，我們再死也還來得及！」

兩人遂一起匆匆回到杵臼家中。

程嬰詳細告訴杵臼昨天夜裡發生的事，

包括自己是怎麼被臨時找到下宮，趙朔是如何流著淚囑咐自己護送公主進宮，並且還說，如果公主生下的是男嬰，就要取名為趙武，要程嬰想辦法保存嬰兒的性命。

兩人正說著，心情都很沉重，公孫家的家僕急急忙忙回來報告，說趙氏家族已被滿門抄斬，程嬰和公孫杵臼聞此噩耗，情緒激動不已，難過得半天說不出話來。沉默了好一會兒，公孫杵臼才從牙縫裡恨恨的擠出一句話：「屠岸賈這狗賊！將來一定不得好死！」

程嬰關切公主的情況，擔心著不知道公主現在怎麼樣了？他對中醫有一點研究，心想當公主得知夫婿一家全部死於「叛逆」這樣莫須有的罪名之下時，一定傷心欲絕，這對於即將臨盆的產婦來說會有危險。

公孫杵臼聽了程嬰的分析，也很是擔心，趕緊派人去打聽。

9「嬰兒掉包」連環計

在慘案發生的第二天，當程嬰看到那個懸掛在城門上大大的布告時，心情非常沉重，但也暗自冷靜分析了一下。看樣子公主一定是生了，而且屠岸賈一定已經進宮搜索過，卻沒搜到什麼，可是還不放心，仍然有所懷疑，要不然就不會掛出這樣的告示了。

照這樣看來，公主應該是生一個男嬰了？程嬰心想。

就像趙朔夫妻迫切希望生的是一個男嬰一樣，屠岸賈最害怕的，一定也是看到趙朔夫妻生了一個男嬰。如果是男嬰，這個趙氏孤兒背負著血海深仇，遲早有一天一定會找屠岸賈算帳！

程嬰趕緊到公孫杵臼家中，杵臼一看到程嬰，馬上激動的告訴程嬰：「聽說公主生了一個男孩！上天果真是不願意看到趙氏滅絕啊！」

「我猜想公主很可能是生了一個男孩，要不然屠岸賈不會這麼緊張，不過……這個消息可靠嗎？還是只是一種猜測？」程嬰說：「我覺得我們還是應該想辦法，看看能不能直接向公主求證，若是屬實，就得趕快設法營救！」

公孫杵臼想想，覺得還是程嬰比較穩重，考慮問題確實比較周到；茲事體大，是應該再次求證一下。

於是，程嬰趕緊跑回家，瞞著妻子，拿出多年下來的積蓄，輾轉透過宮裡的僕人，總算找到一個可信賴的婢女，能夠來到公主的面前，悄聲捎上一句：「程嬰問候您。」

當宮裡的僕人答應會設法幫忙傳話以後，程嬰又來到公孫杵臼家裡，兩人一起焦急的等候回音。

等到快傍晚的時候，消息終於回來了。公主偷偷拿了一塊小小的絹布交給那個婢女，婢女再交給僕人，僕人又經過一番周折，終於把這塊絹布送到公孫杵臼的家中。

當程嬰一看到這塊多麼來之不易的絹布時，連他一向這麼內斂、不輕易流露內心情感的人，也忍不住激動起來。

絹布上只寫了一個字：

武

「太好了，太好了！」程嬰真的太高興了。

他記得很清楚，前天夜裡，在他護送公主悄悄進宮之前，曾經親耳聽見趙朔對莊姬說：「如果生女就叫作趙文，生男就叫作趙武」，現在公主寫了一個「武」字，就表示生下的確實是一個男孩了！

兩人在短暫的狂喜之後，馬上開始討論該怎麼來營救這個小嬰兒。

他們相信屠岸賈一定已經在宮中搜過了，但不知道為什麼居然沒有把小嬰兒搜出來，真是幸運！可是，幸運是不可倚靠的，現在屠岸賈雖然研判嬰兒已經被人帶出宮中，才掛出那樣的懸賞，可是難保他在積極搜索小嬰兒的同時，不會再度去宮中搜查。而再度搜查的時候，這個小嬰兒還能不能像第一次一樣，被幸運之神眷顧而不被發現呢？

程嬰和公孫杵臼很快就達成了一個共識，那就是：一定要盡快把趙氏孤兒從宮裡救出來，再設法出城遠赴外地，離開屠岸賈愈遠愈好，這樣才有機會把孤兒撫養長大。

那麼，該如何才能把孤兒從宮中救出來？

程嬰認為，應該先想辦法讓屠岸賈放鬆警戒，否則像現在這樣進出宮門都要經過詳細盤查，想要把孤兒安全的救出來，真是談何容易！

公孫杵臼沉吟片刻，抬起頭來盯著程嬰問道：「『立孤』與『死難』，你覺得這兩件事哪一件比較難？」

所謂「立孤」，是要撫養趙氏孤兒長大；而「死難」指的則是「為趙氏孤兒而死」。

程嬰回答道：「那當然是『死難』容易，『立孤』要難得多。」

「同感，同感！當然是『立孤』要難得多，」公孫杵臼微微一笑，「那麼你就算是禮讓我老人家，就讓我做容易的事吧！」

程嬰有些茫然，一時沒能意會出來，「您的意思是……」

公孫杵臼開始解釋自己的計畫。「如果我們能夠用一個差不多大的新生嬰兒，來冒充趙氏孤兒，我可以馬上帶著他藏到首陽山去。然後你去向屠岸賈告密，帶他來抓我，等到屠岸賈抓到假的趙氏孤兒，那真正的趙氏孤兒不就可以保全了嗎？」

公孫杵臼還說，屠岸賈一旦自以為除掉了趙氏孤兒，自然就會放鬆對宮門進出的盤查，這樣他們就有機會找人進宮，再想辦法把趙氏孤兒偷偷帶出來。至於要找誰進宮想辦法把趙氏孤兒給帶出來，這個人選公孫杵臼也想好了。

「在諸將之中，韓厥受趙氏的恩惠最深，而他也是一個正直的人，我覺得可以把這個事託付給他。現在，只剩下最後一個問題……」

說到這裡，公孫杵臼停了下來，深深的注視著程嬰。

10

程嬰的掙扎——選擇忠義或明哲保身？

人生有的時候不免會碰到一些關鍵時刻，會面臨一種非常殘酷的「二選一」的艱難選擇，而且在做出選擇以後，就再也沒有回頭路可走。

就在公孫杵臼做出了選擇以後，程嬰也必須做出選擇。

其實，以另外一個角度來說，程嬰覺得自己似乎也是沒有選擇的。或者應該說，就在前天夜晚他受趙朔之託護送公主進宮的時候，他就已經做出了選擇。

護送公主進宮當然不僅僅是保護公主，更希望保護公主可能生下的男孩。也就是說，只要公主生下的是一個男孩，這個男孩就一定要全力搶救，盡一切的可能加以保護，既然如此……

不，如果程嬰是一個貪生怕死、不是那麼重情重義的人，就算他匆匆被找去下宮，臨時又不便拒絕護送公主進宮的任務，那麼在他當晚回到家以後，大可以躲起來，甚至立刻離開絳城，以免惹禍上身，至少第二天早上，他根本沒必要再去下宮附近徘徊。總之，他既然已經完成護送公主的任務，其實也已經很夠了，至於說什麼要撫養趙氏孤兒長大，在目前這種腥風血雨的情況之下，就算他沒做到，也是因為根本做不到，誰能夠怪他啊！

眼前程嬰所要做的，仍然是出於自由意志的選擇，也是基於人生信仰的一種選擇；「義」的追求，對他來說是一件無比重要的事。

畢竟他並不是勉強接受護送公主進宮任務的，第二天一早又主動去了下宮，然後碰到公孫杵臼，緊接著兩人一起密謀商議如何救孤。現在，在杵臼提出了一套營救方案之後，他又不得不承認，這個方案儘管有很大的風險，但如果他們兩人能夠齊心協力，成功的希望還是很大，趙氏孤兒很有機會逃過一劫。

程嬰心事重重的回到家。程妻懷抱著新生兒，一臉關心的迎上來，「你回來了，我正擔心著呢！一會兒就要吃飯了。」

程嬰漫應了一聲。看看妻子懷抱中的孩子，孩子睡得好香。

「剛才哭了半天，也不吃奶，哭累了這才睡的。」程妻充滿憐愛的輕輕親了一下孩子的小嫩臉。

才剛剛出生沒幾天的孩子，本來就是不好帶啊。

「來，你要不要抱一下？」程妻問著，並傾身過來想要讓程嬰接過孩子。

但是程嬰非但沒有上前接過孩子，反而還往後退了一步。

「怎麼了？」妻子疑惑的看著程嬰。

這實在是有點反常啊，中年得子，哪個人不是欣喜若狂，打從前幾天孩子出生以後，只要程嬰在家，就幾乎一直抱著孩子不肯離手啊。

再看看程嬰一臉凝重，程妻心中忽然生起一種莫名的不安。

「我聽說城門上今天掛出了懸賞？」程妻一邊問，一邊緊緊的盯著程嬰；她有一種直覺，丈夫的心事一定是跟趙氏家族有關。

「是的，」程嬰緩緩道：「我們得到了確切的消息，說公主生了一個男孩，可能是公主昨天受到的刺激太大，早產了。我們推斷嬰兒現在一定還在宮裡，但是如果不趕快營救，遲早會被屠岸賈給搜出來，逃得了今天也逃不了明天。」

「我們？你是說……」

「我跟杵臼。」程嬰頓了一下，繼續說道：「我們研究了一個營救方案，杵臼說，要趕快找一個小嬰兒，還要跟趙氏孤兒差不多大，然後由他帶著假裝出逃，我再去向屠岸賈告密，帶著屠岸賈去抓。等到屠岸賈除掉了假孤兒，自然就會放鬆宮門進出的戒備，我們再懇請韓厥將軍想辦法找人進宮，去把真正的趙氏孤兒給救出來。」

程妻愈聽愈心慌，愈聽愈害怕。一個可怕的念頭閃過了她的腦海。她猛的搖搖頭，想要把那個可怕的念頭趕緊驅散。

「一個小嬰兒，跟趙氏孤兒差不多大……」程妻喃喃的複述著，聲音都在發抖，「你該不會是想……」

程嬰望著妻子，再望望妻子懷中熟睡的孩子，眼眶開始溼潤了。

「不！這怎麼可以！」程妻抱著孩子急忙後退，又驚恐又憤怒，「你……你怎麼能這麼狠心！」

程嬰緩緩上前，「這也是沒有辦法的……」

「你不要過來！」程妻大叫，抱著孩子就想往外走。

程嬰乾脆上前用力抓住妻子的肩膀，威嚇道：「妳不要叫，這是極機密的事，你想讓別人統統都聽到嗎？那到時候不管怎麼做，我們都一定會惹禍上身的！」

程妻一聽，果然不敢再嚷了。

程嬰把妻子抓回來，讓她坐著。

程嬰把兩隻手背在身後，在房內焦急的踱著步。踱了一會兒，抬眼看看妻子，只見妻子緊緊抱著孩子，看也不看自己，只顧盯著孩子垂淚，神情充滿了憤恨。

程嬰說：「時間不多了，杵臼得趕緊帶著孩子出城，要是城門關上以後，想要再出城就麻煩了。」

「我不管。」程妻應了一聲，忽然抬起頭來瞪著程嬰，厲聲質問道：「你怎麼忍心！」

「別這樣怪我，我也是逼不得已，趙氏一家對我們向來不薄，現在他們遭此大禍，就剩下這最後一點骨血，我跟杵臼不能置之不理，躲起來過我們自己的日子，這樣在我們有生之年良心都會很不安的。」

程妻親吻著懷中的孩子，含著淚問道：「那你把親骨肉交給那個劊子手，你的良心就能安了？」

程嬰聽了，心如刀割，「妳別這麼說，我哪裡願意這樣做呢？可是，為了救趙氏孤兒，我跟杵臼都必須有所犧牲，杵臼可是打算要犧牲他自己的性命啊！」

「你呢？你要犧牲親骨肉的命！就為了成全你的名聲！」說到這裡，程妻又幾乎控制不住了，衝著程嬰就嚷著：「你自私！」

「妳怎麼能這麼說？我還有什麼名聲！」程嬰哽咽道：「在世人看來，我馬上就是一個出賣朋友、出賣趙家的小人。而妳呢？妳也不會原諒我，其實，我倒羨慕杵臼，他無牽無掛，從容赴義，一死了之，多麼痛快！今後我卻得在恥辱中，還有在妳的恨意中苟活！」

說到這裡，程嬰覺得再講下去也沒有什麼意義了，還是長痛不如短痛吧！

於是，他一個大步上前，開始動手搶奪妻子懷裡的嬰兒。

程妻哭叫著，拚死抵抗。

兩人在拉扯間把孩子給弄醒了，孩子頓時哇哇大哭！

在孩子的哭聲中，程妻絕望的叫著：「別搶！放手！別把孩子給弄痛了！我給就是了！」

程嬰果真住手，默默的等著妻子把孩子交到自己的手上。

程妻哀求道：「讓我再餵他最後一次奶，好嗎？」

程嬰怎麼忍心拒絕？

他別過臉去，不敢看妻子，也不敢看妻子懷中的愛兒，只是重重的嘆了一口氣，然後默默的拭去自己臉上的淚痕。

孩子一吃完奶馬上就又乖乖的睡了，程嬰抱著孩子悄悄來到公孫杵臼家中。

程嬰本想把孩子交給杵臼就走，因為他還得趕緊去密訪韓厥將軍。然而，才走了幾步，程嬰又停下來，回過身走向杵臼。

「我看還是我抱著孩子出逃，你去密告吧！」程嬰的聲調中帶著哭腔，說完就伸過手來想要抱回孩子。

可是杵臼不讓，怒道：「男子漢大丈夫，哭什麼！」

「你會死啊……還有我的孩兒……我可憐的孩兒……也會死……」程嬰真的快哭出來了。

杵臼看著程嬰，只平靜的說了一句：「你要堅強一點！」

「為什麼我們不能調換呢？讓我們父子一起殉難，你安心把趙氏孤兒給撫養長大……」

「你冷靜一點，你這不是胡鬧嗎？這些事情我們都已經討論過了啊！我已是老朽，如果由我來撫養趙氏孤兒，我能不能活那麼久看到他長大，都是一個大問題，這個重責大任怎麼能交給我，當然是要交給你啊！」

程嬰不語，只是默默流著淚看著愛兒……唉，前幾天他誕生的時候，帶給他們夫妻倆多麼大的喜悅，誰會想到這個小生命竟然只是來這世上匆匆的走一遭啊。

見程嬰淚流不止，公孫杵臼大怒道：「這是大事，也是美事，你哭什麼啊！這麼婆婆媽媽，會壞事的！」

所謂「美事」，指的自然是「捨生取義」，有道是「士為知己者死」，在許多仁人志士的眼中看來，就算自身擁有如此高尚的情操，也要有適當的機會才能表現，在公孫杵臼看來，他們現在所面臨的就是這樣一個機會。

程嬰只得收起眼淚，「那……我現在就去找韓將軍了。」

「你快去，我也要趕快出城了，」杵臼說：「我們就此別過，我不送你了。你記得，一定要堅強！特別是明天……你知道我的意思吧！」

「知道了。」說完，程嬰做了一個深呼吸，打起精神，就走了出去，沒有再看孩子一眼，然後從公孫家的後門悄悄的走了。

不久，程嬰來到韓厥家，請韓厥摒退左右，然後向韓厥詳細說明自己和公孫杵臼的計畫。

韓厥十分吃驚，「你們居然能夠做這麼大的犧牲！」

是啊，公孫杵臼要獻出自己的生命，程嬰則是要獻出自己愛兒的生命。

韓厥心想，如果趙相國地下有知，知道自己的兩個門客如此忠義，恐怕也會對公孫杵臼和程嬰兩人的犧牲精神十分感佩和欣慰吧。

「你放心吧，」韓厥對程嬰保證，「只要你們能夠騙過屠岸賈，我一定會想辦法把趙氏孤兒從宮裡給偷出來。我聽說公主產後身體微恙，這可能是一個很好的機會。」

11 假情報計誘屠岸賈

在慘案發生的第三天，程嬰一早就來到屠府，求見屠岸賈。

屠岸賈已經起床，也吃過早飯了，正一邊喝茶一邊生氣的大罵部下：「飯桶！全是飯桶！」

表面上趙氏家族好像已經除掉了，但是他總疑心是不是還留下一個逆種，一條漏網之魚，這對他來說，是一件絕對不能容忍的事。

屠岸賈可不像趙盾，當初在靈公被弒，趙盾還任相國的時候，趙盾原本有很好的機會可以除掉屠岸賈，他的姪子趙穿當時也建議他這麼做。然而那個時候，趙盾想要以和為貴，沒有對屠岸賈趕盡殺絕。現在風水輪流轉，情勢又轉到對屠岸賈有利，他可不會像趙盾那樣心慈手軟，更不會念及趙盾當年的不殺之恩，現在他只想把趙氏家族殺得一個都不剩，永絕後患！

按說他對身在宮中的公主盯得那麼緊，幾乎是在公主剛剛生產沒過多久就得到消息，然後馬上進宮去搜，可是屠岸賈想不通為什麼後來居然會沒有搜到？甚至就連一聲嬰兒啼哭的聲音都沒有聽到？

他們究竟是用了什麼辦法，才能在這麼短的時間之內就把嬰兒偷運出去？這是屠岸賈一直百思不得其解的事。既然會偷運出宮，那公主生下的一定是個男嬰，而這個男嬰日後一定會威脅到自己的生命安全……屠岸賈只要一想到這裡就寢食難安。

「不行，一定要盡快把這個事情查個水落石出，如果真有這麼一個趙氏孤兒，我就不相信他能逃得出我的手掌心！」屠岸賈打定了主意，一定要盡快查找趙氏孤兒，以免夜長夢多。

就在屠岸賈大發脾氣的時候，有人進來報告，說有一個自稱是趙家門客的人在外頭求見。

「哦，趙家門客？前天他不在下宮啊？我們怎麼沒有把他順便殺掉？」

士兵報告：「他說那天剛巧出城去了。」

「哼，算他命大！他現在居然還敢來自投羅網？」

趙家的門客很多，在屠岸賈看來，有沒有全部殺光無所謂，畢竟這些人只是門客，又不是趙家人，只是行動那天，一進下宮之後，士兵們奉命「見人就殺」，也沒工夫去核對哪些是門客，哪些是趙家人，只能說事情發生那天，剛巧待在下宮裡的門客算他們倒楣。像程嬰這樣反正不在現場的，趕緊避開就是，怎麼這會兒還有這個膽子找上門來，這就有一點不大尋常了。

果然，士兵說：「他說有一件非常機密的事要向大人稟報。」

非常機密的事？

屠岸賈眼睛一亮，那一定是跟趙氏孤兒有關！

「趕快帶他進來！」

很快的，程嬰被帶進來了。

屠岸賈冷冷的打量著程嬰，心想，哼，一個手無縛（ㄈㄨˊ）雞之力的文人，這種人，屠岸賈是最看不上眼了。

「你說有機密的事？」

「是的。」

屠岸賈立刻急切的問：「是不是真有一個逆種？你是不是知道那個逆種在哪

裡？」

「是的。」

「在哪裡？快說！」

程嬰沒有立即回答，而是用一種小心翼翼的口氣探問：「大人，請問千金懸賞是不是真的？」

一聽程嬰這麼問，屠岸賈反而笑了。

哈哈，真是有錢能使鬼推磨啊。屠岸賈心想，看來這些門客都只不過是寄生蟲，平日吃香喝辣的，處處受趙家的恩惠，占趙家的便宜，現在眼看有利可圖，反而顧不上什麼道義，而搶著來幫他屠岸賈了！

「當然是真的，」屠岸賈說：「只要你的消息確實，一定賞你千金，但是，如果你敢騙我……」

「小的不敢！」

「哼，我諒你也不敢！那你就快說吧，是不是真的有那個逆種？」

「是的。」

「啊！真的有？」屠岸賈喝問道：「那個逆種現在在哪裡？快說！」

「這個……」程嬰看看四周，一副很為難的樣子，「能不能請大人先摒退左右，小的再說？」

「好，」屠岸賈手一揮，立刻大聲吩

咐在場的部下，「統統給我下去！」

程嬰一開始就擺明了自己是為千金而來，現在又這麼神祕兮兮，不肯輕易吐露趙氏孤兒的消息，再加上他本來就是趙家門客的身分，這些舉動都增加了他的可信度，屠岸賈已經相當相信程嬰能夠帶給自己想要知道的情報！

等到屋裡只剩下屠岸賈和程嬰兩個人了，屠岸賈迫不及待催促道：「好了，你現在可以說了，快說！那個逆種現在藏在哪裡？」

「在首陽山深處……」

「首陽山？」屠岸賈很意外，「怎麼會在首陽山？跟誰在一起？」

「公孫杵臼。」

「公孫杵臼？這個人又是誰？」

「跟小的一樣，同事趙氏。」

屠岸賈明白了，就是說也是趙家的門客。

「那個逆種怎麼會被公孫杵臼帶到山裡去？是什麼時候去的？」

「我知道他們是昨天晚上趕在城門關上之前悄悄出城的。」

「昨天晚上？好哇，哼！」屠岸賈當下就決定待會兒就要把昨天負責守城的士兵給宰了！

屠岸賈瞪著程嬰，「你的消息確實嗎？到底是怎麼回事，你從頭給我說一說！」

「是！前天晚上，公主一生產，就有人把我跟公孫杵臼找去，然後公主把孤兒託付給我們，叫我們帶出來，並且細心撫養……」

前天晚上？屠岸賈心想，那就是說，當自己帶著婢女去宮裡搜索的時候，其實那個逆種已經被偷運出宮了？怪不得搜了半天什麼也沒搜到，就連嬰兒啼哭的聲音都沒有聽到，可惡！原來自己晚了一步！奇怪，他們的動作怎麼會這麼快啊！

程嬰繼續說：「據小的所知，現在他們藏在首陽山，只是暫時避避風頭，不久公孫杵臼就要帶著孤兒逃到秦國去了。」

屠岸賈一聽，立刻熱血沸騰。這還得了，如果真的被那個逆種逃到秦國去，想要再把他抓回來就難了，等他將來長大以後，一定會回來尋仇的！

想到這裡，屠岸賈就再也坐不住了，馬上站起來，喝令程嬰道：「走！我們現在就去首陽山，你來帶路！」

12 程嬰上演背叛戲碼

不一會兒，屠岸賈就率領三千士兵，都是忠心耿耿的屠家家丁，在程嬰的帶領之下直奔首陽山。

不難想見，程嬰此刻的心情勢必是十分複雜。不過，他告訴自己，為了保全趙氏孤兒，自己沒有悲傷的權利，現在，一切都按照計畫順利的進行，無論如何他一定要挺住，好好的把這場戲給演完。

到了首陽山，稍事休整，屠岸賈就下令進山。他一刻也不願意耽擱，恨不得立刻就把孤兒除之而後快！

程嬰在前面帶頭，領著眾人走了幾里路，愈走愈深，愈走愈幽靜。終於，來到一個鄰近小溪的人跡罕至之處，看到了幾間草屋，柴門雙掩，一時之間不容易看出有沒有人居住。

程嬰用手一指，十分肯定的說：「就是這裡！公孫杵臼帶著趙家的孤兒就躲藏在這裡！」

「好，」屠岸賈寒著一張臉，冷冷的下令：「你們給我把這裡圍住！你們，給我上！」

士兵們不但很快就把這幾間草屋圍得水洩不通，好些人還立刻上前踢破了柴門，一湧而進，僅僅一眨眼的工夫，小院子裡全都是一個個手拿鋒利武器的士兵。

程嬰帶頭衝進了屋內。沒看到公孫杵臼，也沒看到小嬰兒。不過，沒一會兒，士兵就從裡頭的房間把公孫杵臼給揪了出來。

公孫杵臼一看到程嬰，就憤怒的吼道：「你！好個程嬰！你這個該死的！」一邊罵，一邊還拚命掙扎著，好像想要朝程嬰撲過來，不過當然是力有未逮，被士兵控制得死死的。

屠岸賈走了進來，看著杵臼，問道：「你就是公孫杵臼？」

杵臼揚起腦袋說道：「正是在下！」

「嬰兒呢？」

「什麼嬰兒？」

「還跟我裝傻！」屠岸賈喝道：「我已經知道了，嬰兒在你這裡！」

「沒有，大人您弄錯了，我這裡沒有嬰兒。」

「那你剛才為什麼一見程嬰就罵？分明是作賊心虛！」

杵臼不語，倔強的扭過頭去。

「好，不說也沒關係，」屠岸賈對身邊的眾多士兵下令道：「給我搜！仔細的搜！把屋子統統都拆了也要把嬰兒給搜出來！」

不久，有士兵前來報告，說裡頭有一個小房間有點可疑。

「有嬰兒的聲音嗎？」屠岸賈問。

士兵說沒有，可是那個房間上了兩個大鎖，鎖得很牢固。

屠岸賈一想，果然可疑，否則，在這樣的荒郊野外，幾間破草房，會有什麼貴重的東西非要這樣用兩個大鎖鎖起來不可。

屠岸賈問杵臼：「裡頭是什麼？」

杵臼仍堅持道：「什麼也沒有！」

「哼，我可不信！當我是三歲小孩啊！」屠岸賈隨即命士兵立刻把那兩個大鎖砸開，看個究竟。

杵臼一聽，馬上露出焦急不安的神色。這麼一來，屠岸賈的心裡就更有把握了。

果然，很快的，有士兵大呼「找到了」，然後手上抱著一個小嬰兒快步來到屠岸賈的面前。

程嬰原本不想看，但又忍不住看了一眼。

孩子似乎是被弄醒了，開始啼哭起來。

屠岸賈看到裹著小嬰兒的是名貴的錦繡，一看就知道這絕不是一個普通的小嬰兒，心裡非常高興，「哈哈！到底是被我給找到了！」

這時，公孫杵臼拚命掙扎，比剛才想要打程嬰時掙扎得更厲害，但很顯然全是枉然。此時的公孫杵臼已被五花大綁，根本動彈不得。

屠岸賈又湊近看了一眼，甚至伸手從士兵的手裡把嬰兒給接了過來。

這確實是一個新生兒，可是，屠岸賈看看嬰兒，又看看公孫杵臼，忽然有一個疑問：「奇怪，公主怎麼會把孤兒交給你這個老東西？」

杵臼瞪著程嬰，恨恨的說：「公主哪裡是交給我，是交給我跟程嬰兩個人，哪裡知道會被這個小人出賣！」

說著，又衝著程嬰大罵道：「下宮之難，我約你一起殉難，怪不得你不肯，原來你是見財起意，賣主求榮！小人！真是小人！我鄙視你！以後天下人也都會鄙視你！看你以後要怎麼做人！」

程嬰滿面羞慚的低下頭去。

「原來如此，」屠岸賈側過頭來對程嬰說：「還是你聰明，識時務者為俊傑啊，這個老東西實在是太迂了。」

程嬰仍然低頭不語。孩子還在啼哭不止，聲聲都像刀一樣的刺在他的心上。

程嬰想起昨晚杵臼曾經跟自己說過的話……

「你一定要堅強！」昨晚杵臼是這麼說的。程嬰看看杵臼，瞧杵臼此刻正聲色俱厲的對著自己罵聲不絕。程嬰知道，杵臼這是努

力在演好這場戲，這是一場多麼重要的戲啊，只要能夠讓屠岸賈相信趙氏孤兒已被查獲，他們的營救計畫就可以說成功了一大半。

而屠岸賈好像相信了，相信那個令他寢食難安的趙氏孤兒此刻就在自己的懷裡，看這麼小小的一團，多麼脆弱。屠岸賈想到自己竟然會認為這個小玩意兒是自己的一大威脅，簡直是荒謬無稽啊！

「哈哈！太好了，太好了！」

就在屠岸猙獰的笑聲之中，只見他用力一摔！……啼哭聲瞬間停止，可憐的孩子就這麼被活活摔死了！

程嬰頓時感覺自己的心也碎成了千萬片……

但是，他還得強做鎮定，不能流露出反常的神情。

「啊！狗賊！你萬劫不復啊！」公孫杵臼淒厲的大喊，隨即又衝著程嬰怒吼：「你這個小人！看你將來有何面目去見地下的趙大人！」

一聽到「趙大人」，屠岸賈就來氣，手一揮，冷冷的下令道：「吵死了，把這個老東西給我殺了！」

緊接著，士兵手起刀落，當場就砍下了公孫杵臼的腦袋！

13 程嬰露出馬腳？

在返回絳城的路上，程嬰一直告訴自己，不能哭，絕不能哭，戲到這裡只算是演了一半，還沒有結束……

午後，一回到絳城，程嬰原本想立刻回家；事實上，在回來的路上，他一直惦記著一件事，所以現在自然是急著想趕快回家去看看。但是，就在他想要告退的時候，屠岸賈下令叫程嬰先跟他一起回去。

一回到屠府，屠岸賈就叫手下去把黃金拿出來。

程嬰這才想起，是啊，自己告發公孫杵臼就是為了這筆鉅額的賞金，怎麼差一點就忘了！

「謝大人！謝大人！」程嬰連忙向屠岸賈道謝。

「哈哈！這是說好的啊，我可是說話算話的。」

此時，自認已經除掉了心腹大患的屠岸賈，神情一派輕鬆。

屠岸賈還吩咐幾個士兵幫忙拿這些賞金，護送程嬰回家；畢竟，這些賞金也滿重的啊。

在士兵把黃金裝進布袋的時候，屠岸賈問道：「程嬰，這筆賞金，你想好要怎麼用了嗎？」

程嬰小心的應道：「想是想好了……」

「哦，你打算要怎麼用？說來聽聽。」

「大人，說了您可不要生氣，」程嬰輕輕的說：「我打算用來葬了趙氏一家。」

「啊？你要替趙氏家族收屍？」屠岸賈顯得相當意外。

「是的，」程嬰說：「小人身為趙氏門客已久，一直頗受趙家人的照顧，在世人看來，今天小人出賣孤兒實屬不義，因此小人打算以此賞金來收葬趙氏一門之屍，也算略表門下之情於萬一，大人應該不會反對吧？」

如果撇開與趙家的恩怨不談，屠岸賈不得不承認，程嬰這個想法確實相當忠義，任何人都會希望能夠擁有這麼忠義的門客，不過……

屠岸賈忽然感覺到有那麼一點不大對勁的地方。

「程嬰，你老實說，你很缺錢嗎？」

「託大人的福，小人雖然談不上多麼富貴，不過倒也衣食無虞。」

「那就怪了……」轉眼間屠岸賈又換上一副冷冷的表情，這是一種殺人不眨眼的表情啊。

程嬰的心裡喀登一下，趕緊告訴自己一定要鎮定，一定要小心應付。

屠岸賈開口了，「你有這種想替趙家收屍的念頭，說明你這個人還是挺有情有義的，再加上你又不缺錢，那麼，受到公主這樣的重託，你怎麼會背棄公主還有那個老東西對你的信任，選擇出賣他們？」

「大人，」程嬰低下頭，慚愧萬狀的說：「實不相瞞，小人……小人實在是一個貪生怕死之徒啊！眼看大人已經布下了天羅地網，深感公主的託付實在是有些強人所難，難以完成……」

「簡單的說，就是你擔心會受到牽連？」

屠岸賈心想，這倒是挺合理的，不過，就只是因為這樣嗎？為什麼那個躲在山裡的老東西就不怕受到牽連？照理說，公主既然把孤兒託付給他們兩個人，應該是基於對他們兩個人同樣的信任，而事實的發展，卻是只有那個老東西妄想保護孤兒，程嬰卻跑來告密，難道說公主對程嬰看走了眼？就沒想到他會是一個小人？

這時，程嬰靈光一閃，想到一個強有力的理由，緩緩說道：「昨天早上，懸賞通告在城門口掛出來以後，小人在市井裡聽到一個流言，有人說，如果幾日之內大人找不到趙氏孤兒，很可能會遷怒全城的新生兒……」

哼，屠岸賈心想，這可不是流言，他是有這個打算，反正景公每天只顧著吃喝玩樂，什麼事也不管，他要怎樣就怎樣，放眼滿朝大臣，也沒有人敢跟他作對。

程嬰繼續解釋道：「不瞞您說，小人新近獲得一子，全家視若珍寶，所以，聽到這個流言，小人十分不安，所以對於趙氏孤兒也就顧不上了。但是看在多年受趙氏一家照顧的份上，還是懇請大人允許小人為他們收屍吧。」

這麼一說，屠岸賈就覺得非常合理了。原來程嬰自己也有一個小嬰兒，難怪會如此害怕受到牽連，畢竟每個人都是有私心的啊。

「好吧，我同意讓你去收屍。」

屠岸賈心想，趙氏一家盡除，自己大獲全勝，也很夠了，既然現在程嬰想要收屍，也犯不著阻攔。

「謝大人！」程嬰恭恭敬敬的向屠岸賈表示感謝，就準備退下了。

不過，在程嬰登上馬車以後，屠岸賈還是把一個心腹叫來，吩咐道：「你到他家以後，注意看看他家是不是真的有一個小嬰兒，聽到了沒有？」

「是！」

幾個士兵就這樣護送著程嬰以及賞金，返回程嬰的家。

屠岸賈心想，就算程嬰剛才說得合情合理，滴水不漏，但是，他還是要求證一下。如果待會兒士兵回報，說程嬰家中沒有見到小嬰兒，那事情可就不單純了！

14 韓厥的盤算

程嬰去向屠岸賈密告的前一天晚上，悄悄去找韓厥將軍，告訴韓厥整個營救趙氏孤兒的計畫，並且請韓厥協助時，兩人原本是約好等屠岸賈除掉假的趙氏遺孤，韓厥再設法從宮中把真的孤兒給偷出來。

然而，就在翌日早上，韓厥得到消息說屠岸賈帶著大批士兵出城，連負責把守宮門進出的士兵也抽調了不少，韓厥當機立斷，決定立刻找人進宮。

韓厥盤算著，屠岸賈一定是相信了程嬰的密告，一方面要趕去首陽山抓公孫杵臼和孤兒，另一方面還要堵住通往秦國的道路，防止公孫杵臼帶著孤兒出逃，這麼一來，圍山、堵路，都需要不少人手，更何況除掉趙氏孤兒對屠岸賈來說是頭等大事，他自然會傾盡全力，把可靠的士兵統統叫去。

當然，如果一切都按計畫進行，如果今天真的能夠讓屠岸賈自以為除掉了趙氏孤兒，那麼像這兩天對宮門進出人員嚴密盤查的情況，很可能就會即刻停止。到時候找人進宮去把孤兒救出來的成功機會一定會更大。但是，韓厥不免又會想，萬一今天的計畫失敗了呢？

萬一公孫杵臼赴死的決心稍稍動搖了一點，或是程嬰臨時變卦，不忍讓親生兒子替趙氏孤兒而死，只要他們倆有一個人稍微露出了破綻，引起屠岸賈的疑心，等屠岸賈回到絳城以後，不只會在城內加強搜索趙氏孤兒，恐怕也會更嚴密的盤查宮中進出人員，到那時想要從宮裡把孤兒給偷出來就更加困難了。

韓厥不是不相信程嬰和公孫杵臼一心為趙家犧牲的決心，但是在信任的同時，他同時又覺得如果他們倆有人臨時改變主意，那也是在情理之中，畢竟，誰不愛惜生命，誰又不珍愛自己的親骨肉？在面臨生死抉擇的最後關頭時，視死如歸並沒那麼容易啊！沒有人有把握自己真的能夠做到！更何況，趙氏家族已被滿門抄斬，屠岸賈又是當今最有權勢的人，身為趙家小小門客的程嬰和公孫杵臼，就算他們什麼都不做，也沒有人會指責他們袖手旁觀的。

不過，韓厥是打定主意，無論今天程嬰和公孫杵臼的計畫能否成功，自己是一定要把握這個機會趕緊出手設法營救孤兒的。再說，他想來想去還是很信任程嬰和公孫杵臼的。韓厥很清楚，無論是屠岸賈或是想營救趙氏孤兒的這一方，其實現在都是在搶時間，所以，事不宜遲，他立刻把自己身邊的一個心腹老陳給找來。

「我平日待你怎麼樣？」韓厥一開口就這樣問道。

「大人待我恩重如山。」

老陳今年剛過不惑之年，追隨韓厥已經有好些年了。當年他窮途潦倒，差一點就餓死在路邊，是韓厥把他撿回來讓他參軍，見他為人忠厚可靠，辦事手腳也俐落，慢慢就把他留在身邊。

韓厥對老陳正色道：「我需要你去辦一件事，這件事很危險，弄不好很可能一去就沒有辦法回來。」

老陳先是一怔，但很快就反應過來，立刻說：「我這條命本來就是大人給的，如果沒有大人，小的早就去閻王爺那裡報到了。是什麼事，大人請說吧！」

於是，韓厥就把計畫說了一遍。

「時間緊急，你現在就去！」韓厥說。

「大人……小的有一件事要求您……」

「沒問題，你說吧。」

「我的家人……您能夠幫忙照顧嗎？」

「放心吧，我一定會盡我所能！」韓厥說：「你趕快去吧，不要多想，免得神色不自然會引起守衛的懷疑！」

15 喬裝大夫偷渡孤兒

莊姬臨盆那天，儘管在屠岸賈前來搜索的時候，神奇的逃過了一劫，但是在屠岸賈離去之後，莊姬的精神始終處於緊繃的狀態之下。

她知道對屠岸賈來說，這個孩子意味著什麼，屠岸賈如果沒有親眼看到並除掉是不會罷休的。也就是說，莊姬深信屠岸賈就算第一次沒有搜到，可是一定還會再來搜索第二次，那麼到時候上天還會繼續眷顧他們嗎？奇蹟還會再度發生嗎？

莊姬就這麼一直無助的抱著孩子，以淚洗面。

她多麼希望有人能夠來幫幫自己，可是，誰願意呢？

翌日下午，當莊姬從貼身婢女這裡輾轉收到來自程嬰的問候，心中燃起了一線希望。她知道程嬰的意思是要看看自己是否平安，以及探詢自己生產了沒有，生的是男孩還是女孩。莊姬心想，也許是程嬰聽到了什麼風吹草動，所以想來求證一下吧。儘管有太多事情想要告訴程嬰，迫切的想跟程嬰商量，但是，莊姬不敢輕舉妄動，想了一會兒，扯下一塊小小的絹布，寫上一個「武」字。

這一個「武」字，實際上是包含了多少千言萬語啊！

先夫趙朔曾經交代：「如果生女就叫作趙文，生男就叫作趙武」，當時程嬰也在場，所以，莊姬確信現在只要寫上一個「武」字，程嬰立刻就能領會自己確實已經生了，而且還生下一個男孩！

眼看婢女把這塊小小的絹布藏起來，設法要往外帶的時候，莊姬的心情非常的緊張。

這真的是一個很大的冒險啊！萬一這塊絹布被屠岸賈查獲，他一定會立即聯想到，自己之所以這麼急切的想傳遞訊息出宮，只有一個可能，那就是自己生了一個男孩，需要別人趕緊來營救！那麼，只要屠岸賈確信孩子還在宮中，當他再度前來搜索的時候，就絕對沒有逃脫的可能了，到時候就算孩子仍是安安靜靜的不發出任何聲音，恐怕也是在劫難逃了。

莊姬焦急得等了又等，好不容易等到婢女安全回來了，知道絹布已經交到程嬰的手上了，莊姬這才稍稍安下了一點心。

不過，也就只是安心了那麼一小會兒，莊姬又開始焦慮起來，一直在想：程嬰會怎麼做呢？他能夠展開救援行動嗎？聽說屠岸賈現在已經布下了天羅地網，還在城門掛上千金懸賞的布告，就算她相信程嬰絕不會為了賞金而出賣趙氏家族，但是眼下四周風聲鶴唳，莊姬很擔心以程嬰一個小小趙家門客的力量，能夠有什麼辦法來營救這個可憐的孩子。

也許韓厥將軍能夠有一點辦法，莊姬心想。可是，要怎麼樣才能夠跟韓厥將軍聯繫呢？

還有，一想到自家人聽說到現在都還沒人收屍，莊姬也不免悲從中來。儘管母親成夫人想要幫自己出面，但也還是頗為忌憚屠岸賈的勢力，而希望能夠再等幾天。

再等幾天？還要等多久啊？莊姬感覺自己整個心都在淌血……

就這樣，莊姬一方面擔憂孩子不知道保不保得住，一方面又為無人收屍的趙家而深感悲痛，愁得不知道該如何是好。

就在這個時候——慘案發生的第三天上午，婢女進來報告，韓厥將軍聽說公主產後身體不適，特地派了一個韓府裡的大夫來為公主看看。

一聽到這個訊息，莊姬整個人為之振奮。

這兩天對她來說真是度日如年啊，現在終於讓她等到一點或許是一線生機的消息了。

「好，趕快讓他進來。」莊姬趕緊吩咐。

一會兒，大夫進來了，就是一個普普通通的大夫模樣，背著一個藥箱。

「你說是韓將軍讓你來的？」莊姬問道。

「是的。」

坐下來的時候，大夫很自然的把藥箱放在自己的身邊。不過，他很有技巧的讓藥箱內側在莊姬眼前晃了一下。

莊姬一看，立刻心跳加速！

原來，她清清楚楚的看到，藥箱內側黏貼著一小塊絹布，而那正是自己在前一天寫給程嬰的那一塊布！莊姬之所以能夠這麼肯定，是因為上面那個「武」字，一看就非常確定是自己所寫的！

莊姬看看眼前這個大夫，就算激動得心臟快跳出來了，也不敢表露。而這個由韓厥將軍心腹老陳所裝扮的大夫呢，也神態自若的開始問起公主一些產後

的情況，然後說了一些產後氣血虛弱，要如何調養等話語。

談了一會兒，莊姬見身邊都是幾個極為可靠的婢女，便站起身來，趕快把孩子抱了出來。

孩子正在熟睡，什麼也不知道。

老陳見了，也不多說，默契十足的趕忙打開藥箱。只見裡頭空空如也，什麼藥材、器具都沒有，原來這個藥箱就是為了把趙氏孤兒偷運出宮的啊。

莊姬親吻了一下孩子，流著淚說：「孩子，再見了……」

然後輕輕的把孩子放進藥箱。

就在這時，孩子忽然模模糊糊的醒了，然後就開始啼哭。

老陳真是著急萬分。這可怎麼辦啊，如果孩子一直哭，那怎麼可能把他帶出去，宮門士兵一聽到哭聲，一定會叫他把藥箱打開來檢查的啊。

莊姬也快哭了，伸出手輕輕撫摸了一下小嬰兒，安慰道：「不哭不哭，千萬別哭，我們趙家三百多口枉死的冤仇，就只剩下你這最後一點希望了，將來你可要回來替大家報仇啊！」

說來也怪，孩子彷彿是聽懂了母親的這番安撫，居然很快的就停止啼哭。

老陳慢慢把藥箱的蓋子蓋上，低聲道：「公主，我走了。」

「拜託你了……」

此時，莊姬已是泣不成聲。

16 親骨肉換回趙氏孤兒

自從孩子被程嬰帶走以後，程妻就像失了魂似的，已經一天一夜都沒吃東西，也沒睡覺了，只能躺在床上靜靜的流淚。

她一直想著，上天實在是太殘酷了，居然跟自己開了這麼大的一個玩笑。前兩天自己還深深的沉浸在喜獲麟兒的喜悅中，萬萬沒有想到這個喜悅竟然是如此的短暫，才這麼一會兒工夫，自己產後虛弱的身子都還沒有恢復，奶水也還很充足，可是，孩子卻已經沒了。

為什麼？為什麼這樣的慘事會發生在自己的身上？程妻的內心真是憤恨不

已。

不過，想了又想，在憤恨之餘，她也了解，這一切其實都是無可挽回的。

以她對丈夫的了解，趙氏家族遭到如此悲慘的命運，丈夫說什麼也會不惜一切代價來努力保全趙氏孤兒，尤其丈夫一向為人仁義，別說眼前時間緊迫，不可能還有機會到處去找其他合適的小嬰兒，就算時間寬裕一些，就算真的有機會去尋找，就算真的能找到其他的新生兒，她知道丈夫也不可能會忍心讓別人來承受這種巨大的喪子之痛。也就是說，打從訂下那個營救計畫開始，丈夫就決定只能犧牲自己的孩子，來代替真正的趙氏孤兒。

想了好久，程妻又想，唉，別說是丈夫了，其實……自己也不忍心啊！自己的孩子固然不該死，難道別人的孩子就該死嗎？……還有，趙氏家族那三百多口又該死嗎？這筆血海深仇怎能不報，趙氏孤兒怎能不保全啊！

但是……

「我的孩子啊，我可憐的孩子啊……」一想到無辜的孩子，程妻的內心仍然有說不出的悲痛。

忽然，有僕人過來報告，說來了一個大夫求見。

「是你們去請的大夫嗎？」

「不是的，是他自己來的，說是從韓將軍那裡來的。」

韓將軍？那一定是韓厥將軍了。原來不是來為自己看病的。程妻趕緊掙扎著坐起身，要僕人把那個大夫帶進來。

過了一會兒，大夫背著藥箱進來了。

「你說你是從韓將軍那裡來的？」程妻問道。

「事實上，我是剛剛從宮裡過來的。」

說著，大夫就輕輕把藥箱的蓋子打開，示意程妻湊前一點來看。

程妻一看……啊，雖然是意料之內，但還是看得她的心兒怦怦直跳。裡頭果真躺著一個小嬰兒哪！一看就知道是一個出生沒兩天的新生兒，皮膚都還有些皺巴巴的。程妻很清楚，因為自己的孩子也是差不多大。一想到孩子，她的心中又是一片痛楚。

「這是……」她顫抖的問道。

「是的。」

「你居然能夠從宮裡把他偷出來？」

程妻心想，這實在是太不可思議了。

老陳說：「多虧老天保佑！很奇怪，這孩子挺有靈氣的，明明這麼小，但好像都聽得懂公主跟他說的話，本來把他放進來的時候，他還在哭，可是公主跟他說話，叫他別哭，說將來全指望著他回來報仇，他就真的一點也不哭了，直到我出了宮門都沒哭，所以守衛都沒有發現，剛才在來這裡的路上也沒哭，如果一哭，引人注意，被人悄悄去告密，那可就糟了。」

說到這裡，孩子好像醒了，眼睛睜開了，還骨碌碌的轉。

「啊，好漂亮的孩子。」

程妻頓時心生憐愛，伸手把孩子從藥箱裡抱了出來。

一把孩子抱在懷裡，程妻突然感覺到心中那個巨大的空洞好像填補回來了。

就在這個時候，更奇妙的事發生了。孩子一醒來，好像就要找奶吃。

程妻的心裡頓時湧起了一股強烈的母愛。

她忘了就是因為這個孩子，自己的愛兒才會送命，此刻，她既沒有想到這是趙氏孤兒，也沒有想到這是間接害死自己兒子的人，在她眼中，這就只是一個需要照顧、需要疼愛的小嬰兒而已……看著這張無邪又無助的小臉龐，抱著這小小的身軀，程妻心中那股強烈的母愛一下子就全部被激發出來了，她實在很想哺育他！

程妻情緒的波動，老陳都看在眼裡。同樣都是為人父母的人，很容易察覺到別人臉上所出現的那種母愛的光輝。

老陳站起來，淡淡的說了一句：「韓大人說，只要送到您的手上，您就會好好照顧他的。」

說罷，老陳就返回韓將軍府去向韓厥覆命。

「孤兒救出來了，也交給程夫人了。」老陳說。

「很好，你辛苦了。」韓厥說。

「現在，還剩下最後一件事……」

老陳突然從身上抽出一把匕首，然後朝著自己的脖子毫不猶豫的用力一抹……

其實，在老陳準備進宮去把趙氏孤兒偷出來時，他對韓厥說的是：「我的家人，您能夠幫忙照顧嗎？」而不是：「萬一我回不來，您能夠幫忙照顧我的家人嗎？」，既然韓厥把這件極機密的任務交給他去辦，不管怎麼樣，他都不打算再活著回家了。

如果任務失敗，自然是當場就會被負責把守宮門的守衛給殺死，就算成功……他也非死不可，只有他死了，韓厥將軍才能夠徹底放心這個營救趙氏孤兒的事，不會從自己的嘴裡洩漏出去。

既然當初韓將軍對自己有救命之恩，老陳認為自己為韓將軍而死自然是義不容辭；這就是自己報答韓將軍的方式。

17 為趙家收屍

當天下午，當程嬰回到家，剛進家門就聽到嬰兒的啼哭聲，他一下子還有點兒恍惚，這聽起來就像是愛兒的哭聲啊，不過，他馬上就意識到這個哭聲不是自己的孩子，而是趙氏孤兒。

計畫終於成功了！原來韓將軍提前行動了！

一時之間，程嬰百感交集，內心十分激動，但是表面上仍然裝著無所謂的樣子，以免讓護送自己回來的屠府士兵起疑。

過了一會兒，等屠府的士兵終於都走了，程嬰來到內室。一推開房門，就看到妻子流著淚正哄抱著小小的趙武。

妻子抬起頭來看了他一眼。眼神中怨恨少了，但是深切的悲哀還在。

程嬰慢慢走到妻子的身旁，默默的坐了下來。

兩人誰都沒有說話，只有淚水分別從兩人的臉龐無聲的滑落。

過了一會兒，程嬰就站起身，走了出去。

他惦記著還得盡快去辦一件大事。那就是……替趙家收屍。

在慘案發生的第三天下午，趙家人的屍身終於不用繼續暴露在陽光之下。

18 程嬰忍辱照顧遺孤

程嬰把從屠岸賈那裡得來的賞金都用在處理趙家的後事上。他先把趙氏家族的屍首按各家集中，然後用上好的棺木盛殮，最後再分別葬於趙盾的墓側。

在他處理這些事情的時候，不免引起許多老百姓的議論。

老百姓普遍都覺得趙氏家族盛極一時，沒想到如今卻落了個滿門抄斬的下場，實在太慘。很多人都覺得景公太過心狠手辣，如果不是景公的縱容，屠岸賈也不可能對趙氏家族這樣趕盡殺絕。

正是由於大家普遍都很同情趙氏家族悲慘的命運，因此，在嘆息之餘，不免就有人會冷言冷語的批評出賣趙氏孤兒的程嬰。畢竟，是程嬰把趙家最後的一點骨血都給消滅了，是他把趙氏孤兒送到了屠岸賈的屠刀之下！

大家哪裡知道，程嬰其實是把自己的親骨肉，送去替趙氏孤兒受死啊。

在趙家的後事處理完畢以後，程嬰去見屠岸賈，謝謝屠岸賈允許自己為趙家辦理喪事。屠岸賈對程嬰的印象滿好的，打算把他留下來讓他從此為自己效命，但程嬰推辭了。

程嬰說：「小人一時貪生怕死，做了不義的事，如果繼續待在這裡，實在是沒有臉面見人，所以，我打算帶著妻兒遠走，到其他

不認識我的地方重新開始，懇請大人成全！」

屠岸賈覺得程嬰所言合情合理，見他執意要走，也就不加阻攔了。

臨行前，程嬰又去見韓厥。韓厥叮囑程嬰先帶著趙氏孤兒小心躲藏，他會找機會為趙家平反，屆時再把他們接回來。

於是，程嬰夫妻倆離開絳城以後，就帶著趙武潛入盂（ㄩˊ）山藏匿，悉心照顧著趙武，視如己出。盂山日後改名為「藏山」，就是以藏孤而得名。

三年之後，景公過世了，在景公過世之前，其實趙家就已獲得平反。韓厥再三向景公表示，趙氏家族對晉國有功，不應該讓趙氏在晉國滅絕。後來，景公終於接納了韓厥的意見，便立趙武為趙氏繼承人，並且還將一度從趙氏沒收來的田地都還給了他。

19 景公之死——嘗不到今年的新麥了

「趙氏孤兒」的故事到這裡算是大致結束了。歷史上關於這段故事還有一部分記載，是跟景公的死亡有關。

這年夏末（周簡王五年，西元前581年），景公遊於新田，看到新田水土肥沃，很是歡喜，就決定把國都遷到這裡來，把這裡取名為「新絳」，而把故都絳城稱之為「故絳」。

為了慶祝遷都，景公在內宮設宴，款待群臣。就在天色漸暗，左右要開始點蠟燭的時候，忽然有一陣突如其來的怪風捲入堂中，寒氣逼人，令在座者無不膽戰心驚。

過了一會兒，怪風剛剛止住，景公忽然看見一個蓬頭大鬼從外面飄了進來！這個面露凶光的大鬼，有一丈多高，頭髮很長，長到都可以垂到地上，手上還拿著一把銅錘，一飄進來就指著景公大罵道：「老天啊！我的子孫到底有什麼過錯，居然全部都被你殺光了？我已經把你的罪狀告到上天那裡，上天馬上就會來取你的性命，你等著吧！」

說罷，就舉起銅錘向景公劈了過來！

景公大受驚嚇，一方面大喊「眾卿救我！」，一方面也本能的趕快站了起來，拔出寶劍就要砍向這迎面逼來的蓬頭大鬼，結果卻不小心誤劈了自己的手指，頓時發出一聲慘叫。

問題是，在場的人都看不見這個蓬頭大鬼，也聽不見大鬼對景公的斥責，眾人只看見景公忽然神色大變，繼之慌慌張張的站起來，拔出寶劍對著空中胡亂揮舞，大叫大喊，模樣十分恐怖。眾人看景公突然發狂，都嚇呆了，一時之間都愣在原地，反應不過來。結果，才那麼一眨眼的工夫，景公就砍到自己的手指！這個時候，大家才猛然醒轉過來，紛紛衝上來慌忙搶下寶劍。

這時，景公又忽然口吐鮮血，然後昏倒在地，不省人事。

景公就這樣病倒了。

有人說，桑門大巫能夠白日見鬼，何不把大巫召來替景公看看？

（所謂「桑門」，就是「桑田」，是今天河南省靈寶縣境。）

不久，桑門大巫果真奉晉侯之召來了。剛剛進入內寢，就說：「有鬼！」

景公問：「鬼是什麼樣子？」

大巫說：「是一個蓬頭披髮的大鬼，有一丈多高，正以手捶胸，表情憤怒。」

「啊，就是我看到的那個大鬼！一點也沒錯！」景公很害怕，對大巫說：「大鬼說寡人枉殺了他的子孫，不知道這是哪一家的鬼？」

大巫入定冥想了一番，然後說：「先世是有功之臣，子孫下場卻最為悽慘的那一家就是了。」

景公一聽，十分愕然，「難道是趙氏的先祖？」

這時，在旁的屠岸賈急了，馬上說：「豈有此理，這大巫一定是趙盾的門客，想利用這個機會來為趙氏訟冤，大王千萬不要輕信！」

景公沉默良久，才又開口問大巫，「這個大鬼可以禳（ㄖㄤˊ）嗎？」

（「禳」，就是古人為了解除瘟疫疾病而舉行的祭祀。）

大巫說，這個鬼看起來實在是太憤怒了，就算是禳一下恐怕也不會有什麼幫助。

景公想到大鬼曾經說，上天馬上就要來取自己的性命，不禁冷汗直流，急著又問：「那什麼時候寡人大限將至？」

大巫說：「恕小人冒死直言，大王恐怕嘗不到今年的新麥了。」

景公聽了大巫的預言，整個人都呆住了。

一旁的屠岸賈則大怒道：「荒唐！今年的新麥不到一個月之內就要熟了，大王雖然現在有所不適，但是精神還很好，哪有可能會在這麼短的時間之內就有什麼不測？」

緊接著，屠岸賈就下令把大巫抓起來，並且對大巫說：「只要主公嘗到了新麥，你就得死！」

大巫就這樣被下獄了。

景公的病情一天一天的加劇。晉國所有的名醫都被召來為景公看過病，但是看了半天，都看不出景公到底得的是什麼病，所以都不敢隨便下藥。

有一天，大夫魏錡（ㄑㄧˊ）之子魏相，公開表示：「我聽說秦國有兩位名醫，都是神醫扁鵲的弟子，現在都是秦國的太醫，能達陰陽之理，善攻內外之症，我看要治主公的病，恐怕非要請他們出馬不可。」

很多人都說：「可是我們跟秦國素有嫌隙，他們怎麼肯派遣良醫來為我們主公看病？」

魏相說：「恤患分災，這是鄰國之美事，我雖不才，但我願意憑著三寸不爛之舌，去秦國把良醫請到我們晉國來。」

既然魏相如此自告奮勇，再加上群臣對於景公的病確實也束手無策，就採納了魏相的建議。

於是，魏相立刻趕往秦國，求見秦桓公，說明來意。

一開始，秦桓公果然是不樂意幫忙，抱怨晉國無理，總是無故挑釁，現在就算秦國有良醫，憑什麼要去救他們晉國的國君？但是後來在魏相一番入情入理的分析之下，秦桓公又感覺到如果見死不救，拒絕了晉國的要求，恐怕會對自己以及秦國的形象造成不好的影響，因此，在經過一番衡量之後，還是同意了魏相的請求。

秦桓公遂詔太醫高緩跟著魏相去晉國為晉景公看病。魏相謝恩，立刻與高緩一同出雍州，星夜直奔新絳。

當時，景公的病勢已經相當嚴重了，日日夜夜都在苦等秦國的良醫前來救命。

這天，景公忽然做了一個夢，夢到有兩個小孩子居然從自己的鼻子裡跳了出來，一個說：「秦國的高緩是當世的名醫，如果他來了，對我們用藥，那我們就完了！」另一個就說：「如果我們躲在肓（ㄏㄨㄤ）之上，膏之下，他能把我們怎麼樣？」

夢到這裡，景公模模糊糊的醒了，大叫心痛，坐臥不安。周圍的人看景公這麼痛苦的樣子，都很著急。

沒過多久，魏相就帶著高緩來了。高緩為景公診脈完畢，搖搖頭，直言道：「唉，這個病很棘手，恐怕是治不好了。」

景公忙問為什麼？

高緩解釋道：「因為此病居肓之上，膏之下，既沒有辦法以灸攻，又沒有辦法以針達，即使用藥，也不能發揮效果。這是天命啊。」

（所以後人都用「病入膏肓」來形容病情嚴重，不可救藥。）

景公聽了倒沒有發怒，反而是非常的驚訝，因為高緩的說法竟然和自己方才的夢境一模一樣！不禁大嘆道：「我做的夢也是這麼說的，真是一個真正的良醫啊！」

於是，命人送了高緩一番厚禮，然後送高緩回國。

高緩離去之後不久，屠岸賈入宮來問候景公，無意間聽到幾個景公的內侍在說一件事。原來，是一個名叫江忠的小內侍，稍早以前因為服侍景公十分辛苦，就偷空打了一個盹，結果夢到自己背負著景公，飛騰於天上。屠岸賈聽到之後，馬上把這個夢轉述給景公聽，並且認為這是一個好兆頭。

屠岸賈說：「『天』者代表光亮，『病』者代表陰暗，飛騰天上，表示離暗就明，這意味著主公的病一定會漸漸好起來的。」

景公聽了這番解夢，不用說，自然是很高興。

也不知道景公的病是不是之前被嚇出來的，反正他相信了屠岸賈的解夢之後，第二天果真就感覺好了很多。正好在這個時候，有人前來報告，說獻新麥的來了，景公一下子頗有食欲，便命人拿一些新麥去煮粥。

屠岸賈乘機上奏，提醒景公，桑門大巫先前曾經預言景公吃不到今年的新麥就會撒手人寰了，現在新麥來了，不妨把那個胡說八道的大巫叫來，讓他親眼看看。

實際上這是屠岸賈認定桑門大巫先前藉機為趙家喊冤，一直耿耿於懷而懷恨在心。

景公准奏。很快的，桑門大巫就被召了進來。

屠岸賈得意洋洋的對大巫說：「你看，新麥就在這裡，主公難道還吃不到嗎？」

大巫淡淡的說：「還不一定呢。」

景公一聽，臉色大變。

屠岸賈厲聲痛罵道：「好大的膽子！居然敢詛咒我們主公，真該死！來人啊，拖出去斬了！」

大巫在被拖出去的時候，大嘆道：「唉，我就因為懂這麼一點方術，以致遭到殺身之禍，實在是可悲啊！」

過了一會兒，當士兵提著大巫被斬下

的腦袋進來時，正好粥也煮好了。景公正想吃粥，忽然覺得腹脹欲洩，就叫內侍江忠趕快先背他去廁所。到了廁所，江忠才剛把景公放下來，哪知道景公一陣心疼，瞬間雙膝發軟，站都站不住，就跌進糞坑裡去了！

江忠大吃一驚，顧不得汙穢，慌忙跳下去營救，可是等到把景公撈上來的時候，景公已經氣絕身亡了。

大巫所言竟然一點也沒錯，景公到底是沒吃上今年的新麥啊，可惜，遭到錯殺的大巫不能為自己申冤了。

不久，上卿欒（ㄌㄨㄢˊ）書，率百官奉世子州蒲（ㄆㄨˊ）舉哀即位，這就是晉厲公。

在為景公辦理後事的時候，很多人都說，內侍江忠曾經夢到自己背負著景公登天，而在景公生命的最後一刻，是由他背著景公去上廁所，可以說完全應驗了他自己所做的夢，所以決議用江忠殉葬。有人也說，當初江忠做了這個夢，還把這個夢說出來，應該是為自己背著景公飛騰於天上而感到很榮幸吧。但他一定沒有料到，這個夢竟然會給自己帶來死亡，或許江忠不要把這個夢說出來就好了。

後來，在很多人看來，景公是被厲鬼給擊死的。景公又為什麼會遭到厲鬼的攻擊呢？一定是因為冤枉錯殺了趙氏家族，處理得太過殘酷了，趙氏家族實在不應該遭此厄運啊！然而，可憐趙家三百多口人的性命，就像那個被錯殺的大巫一樣，是再也不能起死回生了。

不過，「趙氏孤兒」的故事，卻一直流傳了下來。

國家圖書館出版品預行編目資料

趙氏孤兒 / 管家琪作 ; 蔡嘉驊繪圖.
-- 初版. -- 台北市 : 幼獅, 2014.04
面 ; 公分. --（故事館 ; 22）

ISBN 978-957-574-952-1（平裝）

859.6 103003172

・故事館022・

趙氏孤兒

作　　者＝管家琪
繪　　圖＝蔡嘉驊
出 版 者＝幼獅文化事業股份有限公司
發 行 人＝李鍾桂
總 經 理＝王華金
總 編 輯＝劉淑華
主　　編＝林泊瑜
編　　輯＝黃淨閔
美術編輯＝李祥銘
總 公 司＝(10045)台北市重慶南路1段66-1號3樓
電　　話＝(02)2311-2832
傳　　真＝(02)2311-5368
郵政劃撥＝00033368

門市
・松江展示中心：(10422)台北市松江路219號
電話：(02)2502-5858轉734　傳真：(02)2503-6601
・苗栗育達店：36143苗栗縣造橋鄉談文村學府路168號（育達科技大學內）
電話：(037)652-191　傳真：(037)652-251

印　　刷＝崇寶彩藝印刷股份有限公司
定　　價＝220元
港　　幣＝73元
初　　版＝2014.04
書　　號＝984183

幼獅樂讀網
http://www.youth.com.tw
e-mail:customer@youth.com.tw

行政院新聞局核准登記證局版台業字第0143號
有著作權・侵害必究(若有缺頁或破損，請寄回更換)
欲利用本書內容者，請洽幼獅公司圖書組(02)2314-6001#236

幼獅文化公司／讀者服務卡／

感謝您購買幼獅公司出版的好書！

為提升服務品質與出版更優質的圖書，敬請撥冗填寫後（免貼郵票）擲寄本公司，或傳真（傳真電話02-23115368），我們將參考您的意見、分享您的觀點，出版更多的好書。並不定期提供您相關書訊、活動、特惠專案等。謝謝！

基本資料

姓名：……………………先生／小姐

婚姻狀況：□已婚 □未婚　職業：□學生 □公教 □上班族 □家管 □其他

出生：民國……………年……………月……………日

電話：（公）……………（宅）……………（手機）……………

e-mail：……………………

聯絡地址：……………………

1.您所購買的書名：**趙氏孤兒**

2.您通常以何種方式購書?：□1.書店買書 □2.網路購書 □3.傳真訂購 □4.郵局劃撥 □5.幼獅門市 □6.團體訂購 □7.其他（可複選）

3.您是否曾買過幼獅其他出版品：□是，□1.圖書 □2.幼獅文藝 □3.幼獅少年 □否

4.您從何處得知本書訊息：□1.師長介紹 □2.朋友介紹 □3.幼獅少年雜誌 □4.幼獅文藝雜誌 □5.報章雜誌書評介紹……………報 □6.DM傳單、海報 □7.書店 □8.廣播(　　　　) □9.電子報、edm □10.其他……………（可複選）

5.您喜歡本書的原因：□1.作者 □2.書名 □3.內容 □4.封面設計 □5.其他

6.您不喜歡本書的原因：□1.作者 □2.書名 □3.內容 □4.封面設計 □5.其他

7.您希望得知的出版訊息：□1.青少年讀物 □2.兒童讀物 □3.親子叢書 □4.教師充電系列 □5.其他

8.您覺得本書的價格：□1.偏高 □2.合理 □3.偏低

9.讀完本書後您覺得：□1.很有收穫 □2.有收穫 □3.收穫不多 □4.沒收穫

10.敬請推薦親友，共同加入我們的閱讀計畫，我們將適時寄送相關書訊，以豐富書香與心靈的空間：

(1)姓名……………e-mail……………電話……………

(2)姓名……………e-mail……………電話……………

(3)姓名……………e-mail……………電話……………

11.您對本書或本公司的建議：

廣　告　回　信
台北郵局登記證
台北廣字第942號

請直接投郵　免貼郵票

10045　台北市重慶南路一段66-1號3樓

幼獅文化事業股份有限公司

請沿虛線對折寄回

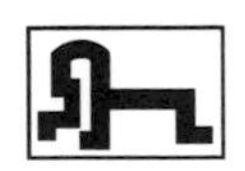

客服專線：02-23112832分機208　傳真：02-23115368

e-mail：customer@youth.com.tw

幼獅樂讀網http：//www.youth.com.tw